彭州白

郑兴明 著

陕西新华出版

太白文艺出版社·西安

图书在版编目（CIP）数据

彭州白 / 郑兴明著. -- 西安 ： 太白文艺出版社，
2025. 2. -- ISBN 978-7-5513-2898-2

Ⅰ . Ⅰ227

中国国家版本馆 CIP 数据核字第 2025TZ2364 号

彭州白
PENGZHOU BAI

作　　者	郑兴明	
责任编辑	赵甲思	
封面设计	杨　桃	
版式设计	宁　萌	
出版发行	太白文艺出版社	
经　　销	新华书店	
印　　刷	四川科德彩色数码科技有限公司	
开　　本	880mm×1230mm　1/32	
字　　数	120 千字	
印　　张	7.25	
版　　次	2025 年 2 月第 1 版	
印　　次	2025 年 2 月第 1 次印刷	
书　　号	ISBN 978-7-5513-2898-2	
定　　价	86.00 元	

《木香》 黄旭东 / 书

《龙兴舍利塔》 黄旭东 / 绘

《撵路》（一）　罗艺／绘

《撵路》（二）　罗艺／绘

3

《本来无一物》　罗艺/绘

瓷　魂

龙　郁

　　说到瓷——白瓷——彭州白，我首先想到的是一次在彭州的采风活动。车一到军屯白瓷艺术中心，首先映入眼帘的便是满墙的诗歌，少说也有几十首吧，全是郑兴明写白瓷的诗作，他仿佛也成了白瓷的一部分。

　　这白瓷能让诗人如此动容，不是没有道理的。作为本土诗人，兴明对这片生他养他的土地有着深厚的感情，之前就出版过专为故乡创作的《乡下的蟋蟀》《踮起脚尖的炊烟》《太阳神鸟起飞的地方》等好几部著作。而被誉为"天府文化新名片"的彭州白瓷自然也成了他讴歌的对象。的确，彭州白瓷依托于宋代金城窑的深厚文化底蕴，将宋代美学与现代审美相结合，实现了传统文化、科技及艺术设计的融合发展，极具东方美学色彩。就像彭州牡丹名品"彭州紫"，彭州又增添瑰宝"彭州白"。诗人以"彭州白"为题，多角度、多维度挖掘、提炼出了彭州白瓷的文化意蕴。让我们先读这首《瓷魂》吧！

　　高一脚，低一脚
　　深一脚，浅一脚

1

赶路的雨啊，你的碎步
比我的心更碎

我只在一扇窗玻璃上迷蒙
只在一片叶子上滴答
只让自己睡不着，只让自己泥泞

而你，碎成针
密密的针脚，一小步是疼
一平方是疼，一公里是疼

一千多年，反反复复
踩过沉睡的家园，是疼

　　严格说，这首《瓷魂》在郑兴明写白瓷的几十首诗作中，只能算中等水平。诗人塞弗尔特说："太讲艺术性，会导致矫揉造作，而另一方面，太讲思想性，又会失于肤浅，与诗无缘。"我之所以先选这首诗，不仅是因为它与我这篇小文的标题契合，更是想从白瓷中抽象出它的魂来。那什么是瓷魂呢？容我先卖个关子，放到后面再说。

　　大凡有经验的作家和艺术家都知道，咏物或写景，重在神似而不在形似，写瓷的诗自然也不例外。诗人由瓷着眼，但不拘泥于瓷，而重在挖掘它的内在诗意和精气神。艺术的本质就介于似与不似之间。我曾一再提醒学生："写一个事物，你写得越像越失败，诗不是对生活的临摹，而是对意蕴的发掘。世界是什么样子不重要,重要的是你心目中的世界是什么样子。"郑兴明明白这个道理,所以,总是从小处着眼,在意象上使劲。至于这首《瓷魂》,虽然不尽如人意,但方向无疑是对的,只是题目太大,让瘦弱的诗行有点不堪重负。而在更多的诗中,诗人驾轻就熟,笔下生风。比如制坯,从泥堆里揪下一坨泥放在转盘上,且看诗人在《泥香》中怎么说:"直到看见一双手 / 从土里挽出一个疙瘩 / 挽出埋伏的守望、耿耿的呼唤 / 挽出血脉的纠结、哽咽的应答"好个"挽出一个疙瘩"!形象且生动,诗人将其落脚到结绳记事上,便有了历史的厚重感。不错,揪下一坨泥是《伤口》,兴明又抓住这一细节:"践踏。蹂躏 / 摔拌。切割 // 总是一些伤口站出来 / 总是一些伤口在团住和拥抱 / 总是一些伤口接受火的舔舐 / 总是一些伤口在刻骨的痛中 / 找到精神的白净和骨感"读到这里,我笑了,就差往伤口上撒盐了。这是兴明的一贯风格,诗意层层推进,最终抵达"用伤口,为你疗伤"。这既是互动,也是升华,引人遐思,意境便大功告成。

其中,我尤喜《举案齐眉》《瓷坯》《瓷片》《兰》《瓷罐》《放生》《留白》等篇什。这一首首小诗,有点像太极推手,一个圆套住另一个圆,形成一个巨大的气场,就如一个个漩涡推动着奔腾的湔江。

现在,让我们再来通读一首小诗《古典明月》吧!

现在才发现
那捧在天心的明月
是彭州白

是宋词一样皎洁
宋银一样精美
窖藏在彭州大地和彭州夜色中的
缘分和神话

岁月选择一些手指
作为花枝
开出洁白的花朵

那些旋转腰肢、目光闪躲
最后处子一样安静的爱情
有一个叫彭州白的名字

你喊，一轮古典明月
就偎依你现代的衣襟

应该说，这是兴明所有写白瓷的诗中，最提纲挈领的一首。诗人的眼光很毒，一下就抓住"明月"这个天赐的意象！这是最准确的对应物，使瓷具有了美学的高度和亮度，于是，便有了"岁月选择一些手指／作为花枝／开出洁白的花朵"；于是，便有了"一个叫彭州白的名字"。

彭州是古蜀文化的发源地之一，也是白瓷故里。彭州白瓷历史悠久，始烧于晚唐，盛于两宋。北宋早期，成都平原与龙门山交界地带的优质瓷土，开启了成都平原大规模烧造白瓷的历史，也诞生了四川地区烧造规模最大且专烧白瓷的窑场——金城窑。

金城窑是彭州白瓷发展的开端，是宋代四川地区瓷业大发展的典型代表。时隔千年，2018年，军乐彭州窑建造成功，古法制瓷技艺得以恢复，彭州白瓷开启了新征程。

彭州白瓷质地细腻的器身，光洁亮丽的器壁，暗藏新意的器底……尤其是"西部瓷谷·陶工户"设计制作的熊猫印象盖碗、天彭牡丹茶具、"洗脑壳"飘逸杯等彭州白瓷文创产品，一经问世，便得到人们的青睐。

当然，也俘获了诗人的心。但别忘了，作为瓷的根本——泥土，也是我们生存的根本。所以，在这本以瓷为主题的诗集中，诗人用心良苦地增加了另外两辑"以瓷为邻"和"这处人间"，这就如绿叶与红花的关系，绿叶使红花更加厚重和丰富。

我曾在一篇专门谈诗歌气场的文章中提到郑兴明的长诗《莲花湖》，并予以充分肯定。气场，本是指风水、气象、自然造化之循环。在超心理学、灵性思想以及新纪元运动中，气场，是一个微妙、神秘的领域。它围绕山川或人类个体而生成，具有多色彩特性的光环，意为灵气或灵光。气场，可以通过心灵感应描绘出来，可以反映出人类个体当下的情绪或思维。对诗人而言，只有做到情景交融，物我两忘，天人合一，才能形成气场。气场是诗人的胸襟、情怀，是融会贯通、天马行空，更是决定一个诗人能否成气候的标志。

气场源于底气，是自信的表现。即便是一首短诗，我们也能够从中感觉到气场的存在，以郑兴明的《废弃的铁轨》为例，就能管中窥豹：

走着走着就小了

这废弃的铁轨，多像
一副担架抬着一副担架，多像
无数担架抬着时光

黄昏划开长长的口子
夕晖切入夜的深处
一种隐痛，踩上碎石筑就的路基

这些废弃的枕木，这些曾经青春的树
这些坚守、隐忍、拿横了的命
一放弃，一解构，一参差
该是一场多么磅礴的雨

不再把无数命运带向前途
不再用激情把自己撞击得锃亮
废弃的铁轨，生锈中怀揣着暗伤

这锈迹，这
薄薄的掩藏和无声的颂唱，这
向内、向骨头前行的一微米
是多么多么辽阔的远方

芨芨草轰隆隆开过来

"这废弃的铁轨，多像／一副担架抬着一副担架，多像／无数担架抬着时光"当一个新奇的喻体在他脑海中闪现时，我敢说他也为之一震，并敏锐地由这个切入点，一气呵成地从路基—枕木—铁轨—锈迹中，层层剥离出事物的核心和本质。其中意象的转换、变通，气息充沛，错落有致，文采飞扬，而不眼花缭乱。这是功力的体现。能从"向骨头前行的一微米"的锈迹中看到"辽阔的远方"，实属不易。而结尾的一行"芨芨草轰隆隆开过来"才是真正的神来之笔！变无关为有关，那是荒凉隆隆开过来呀！

读后，你不觉得荡气回肠吗？气场也。

气场是先天的，也是后天的。在我们周围，写诗的人多如牛毛，但多只是诗爱者、诗作者而已，能真正称得上诗人的又有几人？因为我们所看到的诗，大多停留在技艺层面，或循规蹈矩，或装神弄鬼，毫无机智、灵气、趣味、智慧可言，有人甚至把玩弄文字当成文本，那才是十足的本末倒置！他们的创作缺少境界，更缺少一种起决定性作用的要素——气场。气场是学识、阅历、才气、人生经验、生命体验的综合表现，是一个刻苦训练的过程。所谓修为，即是养气。

以上对郑兴明的肯定，并不是说他已经达到了一流高手的水平，而只是具备了成为高手的可能性。眼下的他有点像初出江湖的段誉，身怀六脉神剑，但常常虚发一指，并无克敌的剑气应声而出，还未达到随心所欲、收放自如的境界，很容易被一些二流谬论所惑，只注重玩意象的雕虫小技，沉迷于自恋的误区中，而忽略了对整体形象的把握和对语意、语境的拿捏，并因此乱了气场。而郑兴明要做的是保持足够的定力和悟性，不断地修为、养气，无为而无不为。

话说到这里，看似已跃出了白瓷这一范畴。其实没有，钟灵毓秀，只有在彭州山川这个大气场中，才能孕育出彭州白这样的好瓷来。现在，让我们打开前面甩下的口袋——何谓瓷魂？

陶瓷材料以其高硬度而闻名，其莫氏硬度在铁之上，但易碎。如果说易碎是坚硬的瓷器的弱点，那这正是瓷器的命脉所在。这也是作为个体的人的特点。不信，你将一件瓷器摔碎，正是从这一声脆响中我听到了——"守为玉碎，不为瓦全"的宣言。这就是瓷魂！一万个碎片就是一万把尖刀，捍卫着这块诞生彭州白的土地。正如郑兴明的《雪鹰》：

> 从天空，团下一场风雪
> 从翅膀，团下一次飞翔
>
> 裹紧呼吸
> 翅影下吸收大地的本色
>
> 高光所在
> 倏地，睁开眼睛
>
> 哦，蜡染上栖息的彭州白
> 体内，藏着一只雪鹰
>
> 命中，或许会摔碎
> 而摔碎，是再一次的——飞

2024 年 3 月 18 日至 5 月 28 日

目 录
Contents

第一辑　彭州白

1

5

附录：评论

跋

第一辑

彭
州
白

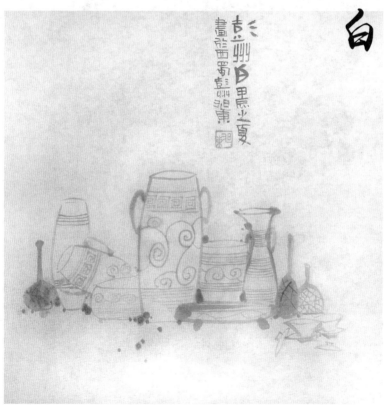

《彭州白》　黄旭东 / 绘

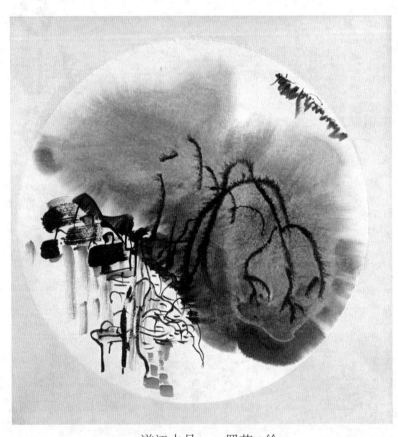

《渝江水月》 罗艺 / 绘

古典明月

现在才发现
那捧在天心的明月
是彭州白

是宋词一样皎洁
宋银一样精美
窖藏在彭州大地和彭州夜色中的
缘分和神话

岁月选择一些手指
作为花枝
开出洁白的花朵

那些旋转腰肢、目光闪躲
最后处子一样安静的爱情
有一个叫彭州白的名字

你喊，一轮古典明月
就偎依你现代的衣襟

爱和意境

那栀子花骨朵一样
那，人一走近
就相继向空中开放的鹭鸶
她，又飞回来了

晾干阴雨打湿的羽毛
像是从月亮背后
飞走的栀子花
她，又飞回来了

翻过一阕阕宋词
翅膀平啊仄啊
韵脚一驻
她，又站在那个叫彭州的洲

羽毛和心绪有些灰蒙
湔江里叼起一首小令
她用一只脚
钉住画框、爱和意境

泥　香

那些绳，断了
那些结，散了
那些风中拙朴的门帘
那些在眼角打结的雨的滴答
空了，茫了

直到看见一双手
从土里挽出一个疙瘩
挽出埋伏的守望、耿耿的呼唤
挽出血脉的纠结、哽咽的应答

才明白，彭州白
是岁月的信物
是老家的牵挂
是结绳记事的一些结

是她或他
是土地，好不容易到你跟前
用泥香，凝视你
用泥香，和你说话

伤　口

践踏。蹂躏
摔拌。切割

总是一些伤口站出来
总是一些伤口在团住和拥抱
总是一些伤口接受火的舔舐
总是一些伤口在刻骨的痛中
找到精神的白净和骨感

包容。滋润
和解。成全

总是一些伤口在劝慰一些枯萎
总是一些伤口在安抚一些滚烫

总是一些伤口，在案头
拢一团月光
总是一些伤口，在唇边

念叨一些芬芳

拿得起又放得下的彭州白哟
总是用伤口，为你疗伤

为你楚楚

身子骨一轻再轻
小命一薄再薄
依然为你默念，为你盛装

在水和泥的相爱中
获得情愫
在火与劫的煎熬中
获得骨头

拒绝一场春雨就烂醉
拒绝一粒花籽就红绿

背对季节
选择和影子相依
轻轻喘息
等待时光温柔的手指

为你轻了薄了
为你盛了装了
破碎之前，为你楚楚

记 忆

一到案头，平胸的位置
就和盘托出
满腹柔肠百转的茶香

蜡染，是命定的底色
留白处，留香

用空盛装更空
一座茶山在杯中隐没
是风，是水
是自己团住自己轮回的风水

是一段时光和清福
是告诉你：你以为飘散了的
其实，还紧紧搂着

矜　持

就像金鱼，收拾好腰身和裙摆
就像凉茶，收拾好小憩

我矜持得很精致
放开的位置，挡住浮躁和浅薄
收紧的位置，给时空
爱的喘息、美的坡地

把率性都给了你
我真的愿做一块镇纸
光阴在桌上铺开
万物是想要的样子

影子，都精致地沉淀进肤色
我的矜持，是米白色的

一起好，一起碎

如果做瓷
我要和你做同一个瓷
做同一个叫彭州白的瓷

你是这部分，我就是那部分
你是那部分，我就是这部分

如果你是面子，我就是里子
如果我是面子，你就是里子

做托盘，一起用力
做茶杯，一起知冷知热
做酒樽，一起醒一起醉
做花瓶，一起显摆一起臭美

最最重要的是
一起好，一起碎

举案齐眉

那时，你还是泥
青草的睫毛扑闪着
野花的酒窝荡漾着

那时，月亮是你的镜子
路是岁月的皱纹，与你无关
那时，相隔就是隔世

直到，夸父逐日的脚步
迈出一些，靠近你
直到，一个腰身弯下，向你顶礼

直到隋了，唐了，宋了
直到爱了，哭了，笑了
你才从火里缤纷出一场雪

然后，端庄地
和彭州，和世界，举案齐眉

出 落

眩晕之前
我轮回成你手中的泥

你的指纹在我额上
留下皱纹，又轻轻抹去
那是我，一次次老去
又年轻回来

一辈子一辈子地往返
只为积攒力气
只为眼角噙着一场雨
蜜糖一样软去

我要被你牵着
出落成你要的样子
我要一汪湔江水做我的眸子
静静地看你

瓷坯

瓷坯，瓷坯，瓷坯
那么多瓷坯站成方阵
凝重，老成
像富有德行的先民

他们一直埋没自己
选择大树的根做经络
选择粮食的根须做胡须
吃苦，隐忍

是什么让他们坐不住
是什么让他们挺身而出
是什么让他们
选择火的莲台默默诵经

土眉土眼的瓷坯啊
总选择蹲着
而让一种精神站着

瓷 片

在金城窑遗址
捡到一块宋朝的白瓷片
这是今天彭州白的老祖母

慈祥的老祖母啊
面团一样温柔着
在破碎的一瞬
展现出隐藏的性格

你看，这碎片
多像猛然拧在一起的眉头
那么冷峻。多像一块楔子
和命运针锋相对

被捡起的时候
我清楚地看到
我的指尖，漏下败北的时间

硬，是一种态度
老祖母啊，她看着一坡野菊
黄了一千次

血脉传承

一个叫军乐的小镇
隆起小腹
一种叫彭州白的瓷
应运而生

才明白，金城窑的火熄了
莲花湖畔的花朵
收藏着不灭的火星

才明白，一口窑的转世
从宋到今
需要多少岁月的阵痛
需要多少风雨积蓄力量和缘分

才明白，一条粼粼的湔江
血脉流转，热泪盈盈
彭州白，躺着，你是生长五谷的摇篮
站起，你是火的莲座上最美的观音

默

不是雪白，也不是青白
是米白

仿佛一块很好的黑在默一块白
一块很好的白在默一块黑
太极一样纠缠，水乳一样交融

就像诗情和画意相互晕染
今天的清风吹拂宋朝的月色

奔流的时光被一个叫军乐的小镇
一挡，获得回旋和挽留

彭州白就坐在你面前了
等着你静静地默
默出内心的影子，成为米白

日 子

闪烁在绿叶上的阳光
是最好的花朵

停留在彭州白上的目光
是最好的釉

心灵在一缕茶香上小憩
光阴沉淀

过得旧①的人
回不去的记忆

一小口一小口品下的
叫日子

注释

①过得旧：四川方言。指物品经久耐用，也指人与人之间的
友谊、情义等经得起岁月的考验。

远　足

每个彭州白
都走了很远的路

在走过最后一场雨，穿过
最后一场火之前
它的身子，它的眉眼
是那样柔软而顺从

突然变坚硬
只代表它下一刻就会破碎

只代表，它选择——
用影子照耀内心，用光亮打磨命运

米白，是一个苍茫的眼神
是眼神中出现的一个个黄昏……

兰

就是这些花
把我留在乡下

就是她们
开花不开花，都青枝绿叶
凝视我，和我说话

就是她们，告诉我
再简陋的盆
都可以把命运的好
满心欢喜地装下

厮　磨

两只小狗，毛茸茸地嬉戏
头抵头，脖缠脖
耳朵擦着耳朵
情谊和天真都在眼睛里汪着

一只小狗，把影子
当成另一只小狗，也这样玩着
它用背蹭着地
爪子在空气中，像刨出了什么

后来，我多想
有一头秀发垂在脸侧
我，可以温柔地挨过去
用耳朵找出一只耳朵……

整整一个下午
案上的彭州白移动影子
和光阴厮磨

而我，摩挲着它

和岁月，和回忆

和浅浅的笑意……厮磨

瓷　罐

我是一个瓷罐
在泥中结胎
在火的莲座上缓缓站起

用一个小小的念头
把几千年、几千里变成
一丈、一尺、一寸
然后，我就在你的旁边了
笨手笨脚，诚惶诚恐又小心翼翼

我等着时光
等着某个黄昏，把我注满
为的是，有一天，为你倾倒
一地月光
有一天，为你破碎，哗啦一声
交出一生的珍藏

彭州白云

这是一朵朵
比棉桃小点、大点的
彭州白云

它的前世
或是丹景牡丹腮上的清露
或是湔江水里藏不住的涟漪

或是望古蜀
神秘的一丝凝雾
或是想彭门
泪湿的一缕乡愁

或者真的就是
一把土掏心窝的
情的柔絮、爱的棉桃

一朵朵的白啊
不缭绕，人自缭绕
不氤氲，人自氤氲

雪 鹰

从天空，团下一场风雪
从翅膀，团下一次飞翔

裹紧呼吸
翅影下吸收大地的本色

高光所在
倏地，睁开眼睛

哦，蜡染上栖息的彭州白
体内，藏着一只雪鹰

命中，或许会摔碎
而摔碎，是再一次的——飞

立 冬

冬天是小了些吧
比春天更紧致
比夏天更内敛
比秋天更简约

一年四季，仿佛
就是在完成一款叫冬天的白瓷
一块好瓷，比起坯子，小了些

的确。成器
不是膨胀，而是收缩和隐忍

立冬这天恰逢我的生日
我捧起一个彭州白，对自己说
今天，我立冬

中　秋

一撇，一捺
月色中，打开飘着桂香的家门

走进父母曾经打扫的庭院
我想起，在桌角，把咸鸭蛋磕个小孔
用筷子尖细细挑食的父亲

想起，在高凳上
放上月饼，敬月亮菩萨的母亲

我的家，在彭州乡下
朴素的父母，在这里反反复复
植下美德、乡愁和庄稼

把一块彭州白贴在心口
又贴在脸颊
忍不住泪水，就像
桂枝，忍不住涌动的桂花

比　好

我是这样一块彭州白
湔江是我的血脉，龙门是我的骨骼

你捧我不捧我
我都把一碗水，端平

注满我的是光阴
看上去空着，其实，满着

你黄昏一样困倦时
我是一块月华

你深秋一样清冷时
我是案头，浅浅的照耀

内心的滚烫都按捺
紧裹的春色都打开

比好，比悄悄对你好
比好，不是比好得不得了

深呼吸

比玉更接近烟火
比雪更有骨气

比行动更落落大方
比眼神更态度鲜明

比名词坦然，比动词安静
比虚词独立，比形容词贴切

凡尘中提炼精神
阴影里提炼内涵

白，是洗尽铅华后
一次深呼吸

放　生

曾经，默默
用地平线，自己拦住自己

背负日月沉浮
背负风霜雪雨
背负种子的梦
背负足印的沉

给历史放生
给英雄和奸雄放生
给粮食放生
给炊烟和生活放生

哦，彭州白，一团柔光
一朵一朵地白着，涌着
一撮撮土
终于放下，自己给自己放生

景　点

当我西出阳关，回首明月
当我横穿戈壁，遥望前途
我的心被风沙磨砺
粗糙而有质感，像母亲的
蓝布围裙，倦了，倦了
只想，裹着，裹着

当我连续二十小时
在回程的路上奔驰，我才明白
家，是旅途最好的景点
每一次远足，都是向家而行
一块彭州白团住一杯凉茶
像团住一次睡眠。江湖，多么安静

雨　中

路灯洁白的脸庞
雨，轻拂飘柔的长发

一天一地的温柔
就倾身而下

还有窃窃私语
在伞上淅沥，巴心巴肝

还有隔世一样的分割和剔除
倒映缘分的婉转和流淌

还有比针脚更细的缝补
腰身处藏不住的瓷的光芒

百转千回，也轻手轻脚
淋漓透彻，也轻拿轻放

阶 梯

老师亲切地给我发来
十二条微信语音
鼓励我写好彭州白
期望我与瓷为邻，成诗成器

老师的嗓音很有磁性
更有瓷性
十二条语音，像
十二级瓷质的阶梯

我反反复复地倾听
反反复复地攀登
反反复复地走高走低
反反复复地走远走近

十二级阶梯对应月份、年份
也对应缘分、福分
我渴望从我的诗句中捧出一块好瓷

向天地感恩

和瓷相比，我还太肤浅
和彭州白相比，我白得远远不够

登丹景山

此时此刻，登这座山
有可能，在登，另一座山

一个人，有自己的山
一块瓷，有自己的火

山让自己矮下去
也让自己高起来

火让泥死过去
也让瓷活过来

把自己踩在脚下
可以把自己垫高一寸

把火藏在心里
可以让一块瓷更冷

背影，是一块橡皮

人世，将被轻轻擦去

一块瓷，将成为月亮
在天上归隐

芦花（其一）

这是湔江河谷
芦花开放
浮到秋风上面

那么多帆
那么多灵魂的小帆
倒向天边

那么多叶，那么多浪
那么多抬不起的翅膀
涌向《诗经》和月色，相爱和歌谣

远方远了
远方在童年的上游
远方被一滴泪挡在背后
远方的九峰山一夜白头

记 着

我怕自己是一缕月光
倏地，从这个世界消失

我怕自己不够结实
来不及照耀，就倏地消失

我要自己是白的、香的
我希望有一个角落好好安放自己

落在我身上的尘埃，都是缘分
抚过我的光阴，我都感恩

内心从不蒙尘
时时都爱得干干净净

一个角落记得我，这样待过
就是全世界，把我记着

留　白

拿一些话不说
拿一些人不想

拿一些正事不做
拿一些偏要不要

像竹，忍住一些枝杈
像箫，总在心口按捺

倚窗，一块彭州白
给几平方黄昏，留白

明 白

从拖泥带水的土
到拖泥带水的器
它，挪动了一下位置

从含糊
到一点也不含糊
它用骨头，白得坚决

它比水先滚
它在一旁着冷、着凉
只是不愿给出体内的烫伤

白得明白，白得精神
宁愿，背对自己
决不，背对爱情

彭州紫

一尾红鲤，被鱼凫甩上岸
欢蹦乱跳的篝火就燃起来
岁月裁啊剪啊，就成了丹景山的牡丹

古蜀的王，留下传说
才子佳人，留下足迹和诗歌
牡丹扎根，留下身世、命运和爱的炭火

彭州紫，不仅仅是色彩深沉
她软成一团墨了
春风是从宋朝铺过来的宣纸
彭州白，是一笔现代写意

小 憩

工作，生活
太多角色。太用力
太多牵肠挂肚
太，多枝、多蔓、多叶

太多憧憬和心疼
太多歉疚和无眠
多想做一次镂空和裁剪
多想狠狠心，干掉自己——

为竹，空出风。为笛，空出孔
为夜晚，空出明月。为你
空出小憩和彭州白

湔江滚烫

时光一冲
黄昏就浓酽了，黎明就清香了

白鹤飘飞，在风里雨里
捡起瓷片和故事

坡上，采茶女
纤指抽出绿绿的线头和线索

种茶的老人像茶壶
一次躬身，就是一次膜拜和倾倒
湔江滚烫
古道热肠，还热着

抚　平

指尖蘸着茶水，在桌上
写下一个字，养活一条鱼
写下一个词，养活更多鱼
百无聊赖。大风，吹起来

远处的路上尘土飞扬
我才发现，灰尘是匍匐在地上的人
等待着在一场大风中站起——

那么多风尘仆仆的背影
只有远方，没有行李
跌跌撞撞，多像我们
走着走着就丢失的亲人，和自己

大风，像要把一条路领走
像要把我的一根肋骨抽去

我赶紧捏起熊猫茶盖的黑色耳朵
在碗口轻轻一刮
抚平我的江湖，敞开我的茶林

老 去

总在阳光中，雕刻出
你明媚的样子
总是对着空气，凝视你

微风把你的长发拂到我的脸颊
我的手指，总是怅然若失

我很心痛。我总想离开
不是离开你，是离开自己

我的睡眠是一张案桌
彭州白能摆上去
插花也能摆上去
横竖，我自己摆不上去

因为爱你
我在很快地老去

瓷 魂

高一脚，低一脚
深一脚，浅一脚
赶路的雨啊，你的碎步
比我的心更碎

我只在一扇窗玻璃上迷蒙
只在一片叶子上滴答
只让自己睡不着，只让自己泥泞

而你，碎成针
密密的针脚，一小步是疼
一平方是疼，一公里是疼

一千多年，反反复复
踩过沉睡的家园，是疼

明 媚

我幸福得像一块彭州白
像一刻也不闭眼的一尾鱼
游在你长发的波里

我让我的眼睛
一愣神儿，又一愣神儿
一刹那，又一刹那，凝视出永恒

因为明媚地爱你
我像一粒灌浆的谷子
幸福得像一尾咬钩的鱼

灯 芯

那晚，月牙像唱针搭在树梢
绕湖而行，夜色
薄成一张轻轻旋转的唱片

开始是慢叙事、轻抒情
说着说着，你就蹲下身子抽泣
像跪在水面的一片荷叶
我斜成一湖的风，也把你扶不起

抱住你的肩头，想起你唱的《黄玫瑰》
我多想拢住一盏灯让它绽放光芒
多想把我俩搓成油盏里的一根灯芯
一间木屋，我们的欢喜往门外挤

龙兴塔

传说龙兴塔镇住海眼
才有了川西坝的五谷丰登

月亮像打水漂的瓷片
我确信，现在的我们都还没有上岸
我想说，塔啊，还要加把劲

在成都远郊彭州
龙兴塔这道灵根
像一颗从地底旋向蓝天的螺丝钉

彭州被拧紧
黎明的花朵和黄昏的诗意被拧紧
生生世世的爱以及由爱而生的疼
被拧紧

凉

人走，茶凉
人没来，茶更凉

在靠近空调的地方等你
今夏，需要降温的，不仅仅是天气

喊了两杯茶。你来或没来
摆在桌面上的，不至于孤独

但是，我无法阻止一杯茶
很情绪化地浓，也很情绪化地凉下去

白 茶

说到白茶，一下子想到月色
想到月色被切成片、切成丝
湔江一冲，时光泛起，渐次浮现
一笛，一箫，一个长发的背影

说到彭州白茶，天彭门一侧身
青山绿水红花退成黑白风景
浮躁沉淀，乡情舒展
一个捧着水碗的老人
指甲缝里，播下泥土和恩情

说到彭州白茶，就捧起
绝版的淳朴、稀世的乡愁
哦，一声低回的呼唤和足够的回首
一块好瓷可以帮你
将一座茶山和故乡带走

回　家

一下街车，我的心就像铁盒里
抖出的茶叶，团在彭州白杯里
一下子舒展，绿了回去

路边的枸地芽儿^①挂住我的目光和惊喜
它的嫩尖昨天还很短
只一场雨，就出落得腰肢动人

我在沟边路边掐啊掐啊，这些枸地芽儿
打雷之前是菜，打雷之后是刺
认节气，认死理，让所有践踏都得到惩罚
就像我为数不多的小小表妹，活得有志气

我掐啊掐啊，仿佛是
要把这些小小的亲戚都接到家里
无意间看见被汁液染黄的指甲
才发现，我把黄昏掐出来了
一下子住了手，我怕再掐一根嫩尖
黄昏再浓酽一丝，就一丝

月亮就粘在篱笆上爬不上天了

而此时，月亮分明就是一朵茉莉
和我的心一起泡在家乡的风水里

注释
①枸地芽儿：一种野菜。

苦 香

空着的藤椅上
我想象你还坐着
想象你架着腿
微微倾身，端起茶杯

我无法让一个茶杯
放弃四平八稳的桌面
在眼前凌空，微倾

只好想象
你，安安静静坐着
用双手轻拢着茶杯

我静静地看着一杯茶
一点点凉下去
静静地看着凉下去的水
比开水更烫——

让喝淡的茶，愈来愈浓
仿佛烫出了茶叶来世的苦香

水落石出

我们曾坐在一条命运之河的河边
你眼里湍急，我眼里晕眩

两个彭州白，装天下七分月光
一饮，江湖的水，就浅了

最后，一条河蜷在岁月的眼角
我们相对，凝视着自己的水落石出

九峰雪山

一场雪，删去杜鹃、飞瀑
删去奇松怪石、流云飞岚
删去所有披挂和牵挂

天，蓝得要命
一柄剑，是封堵还是指引
是接引还是斩断
冷冽、陡峭，连目光都不敢高攀

神话冰封
鱼凫的脚印在雪地前行
扑到空中，就成为盘旋的雄鹰

一块瓷片、一枚钥匙
在太阳的锁孔，轻轻一旋

芙 蓉

我曾经见你们
在大道两旁，花骨朵
像认真系好的布纽扣

你们站在风中，却不跟风
也不矜持，叽叽喳喳地
开得眸明、腮红

你们站在村子外面
一直兴奋地点评
掩嘴而笑的样子，肤浅又生动

直到看见一朵白瓷芙蓉
我才明白，在我自以为是的时候
你正在经过一条河，穿越一场火

在大家风筝一样往天上蹿的时候
你离开高枝，把自己摆在时光背后

打　坐

白得有思想
白得仿佛正在抖落体内的灰烬

彭州白
我多想跟着你，打坐

薪 火

一团中国的火
辗转，飘摇
拢啊，拢啊
成了一颗颗心脏

扑通，扑通
这一团团火，点燃更多的火

2018 年 9 月 30 日
四川彭州军乐
那一夜，小镇静谧
一根木头，抽出体内的丝绸和乡愁
一膛炉火，化作血脉的映照和呼唤——

深埋的陶瓷和神话
相扶相携，风尘仆仆，纷纷归来

听 白

听雨
听一场秋雨
听一场秋天的夜雨
听一些碎碎的念、碎碎的坚持
听，无中生有的有、彭州白瓷的白

一条河断了，一些人
在心底，复活它一道道涟漪
一条河躺着不能流，一些人
就竖着用热泪和汗水
在天地之间来一场酣畅淋漓的创意

土生万物
土好不容易，生下自己

听雨
听雷鸣
听细密的脚步声
听反反复复的抵达和奔赴
听，无中生有的有、彭州白瓷的白

陶工户

这里，是乡镇的粮仓
那些岁月，农民车推肩扛
把丰收、歉收，搬运到这里
向祖国，交出责任和担当

那时候，这里饱饱满满
而乡村，像阴雨天
扬花的稻穗，有些干瘪

后来，千年的皇粮不交了
日子，像扬花时遇到好太阳
而这里，一天天空了，破了
阴影像青苔越积越厚
破败的门窗像深陷的眼窝

终于，他们来了
一粒粒播下乡村振兴的爱意和诗意
一畦畦种下文创的力量和远方

终于，这里，点亮宋朝的窑火
缤纷出一场浩大的瑞雪
陶工户的名字闪烁盈盈的瓷光和泪光
告诉时代，这里，依旧是粮仓

走向乡愁

从瓷到词，一念
就有了排列、磕碰、节奏和语气

从宋到今，是竖排
从彭州陶工户到案头，是横排

收紧、放开，那些节奏
那些对空间的抵抗和忍让
对应一些拿起和放下

彭州白，白得多有语气
就像白天，不动声色
藏起夜晚星星的字迹

一捧繁体字
每一道闪光的笔画，都
领着目光和心灵，走向乡愁和中国

第二辑

以瓷为邻

《海窝子古镇》 罗艺 / 绘

《丹景牡丹》　黄旭东 / 绘

白渚河

它躺下，开一个先河
我便跟着，血脉匍匐
化作家乡写意的藤蔓

我的腰间揣着卵石
那是我柔软的拳头、坚硬的花朵
结石是病，更是命
有家乡可疼
是一件多么幸福的事情

我的笔是一小截站起来的小河
我的文字是向故土荡漾的柔波

废弃的铁轨

走着走着就小了

这废弃的铁轨，多像
一副担架抬着一副担架，多像
无数担架抬着时光

黄昏划开长长的口子
夕晖切入夜的深处
一种隐痛，踩上碎石筑就的路基

这些废弃的枕木，这些曾经青春的树
这些坚守、隐忍、拿横了的命
一放弃，一解构，一参差
该是一场多么磅礴的雨

不再把无数命运带向前途
不再用激情把自己撞击得锃亮
废弃的铁轨，生锈中怀揣着暗伤

这锈迹，这
薄薄的掩藏和无声的颂唱，这
向内、向骨头前行的一微米
是多么多么辽阔的远方

芨芨草轰隆隆开过来

虚　构

在母亲的窗框，我发现几个篱笆豆荚
皱巴巴，佝偻着，一身粗纤维

今春，没有等到惦念的人
没有被播在田边地头，而是留在了窗角
几粒豆，像某些东西留在了眼角

有些错过就是一生啊！今春过后
不会再有一株植物专门为我
生枝长叶、亲切生动。不会再有
一根藤蔓专门为我柔韧婉转、牵肠挂肚

在母亲的蓝色围腰上，我
虚构乡土、节气和一场久违的劳作
虚构春风、春雨和一篱笆又一篱笆的叶绿花红

每一个豆荚都小心翼翼，藏住刀锋……

立　秋

我的脊柱是一串稻穗
在我弯腰之前，无秋可立

我这样说，是因为母亲曾说：
立秋这天，所有的稻子都会弯下身子

母亲走后的第二个立秋
我才突然感受到这句话的分量
我才突然看到，立起来的秋
站在稻子的背上
立起来的家，站在母亲背上

立秋，七粒米做的北斗
在母亲手里转动勺柄

突然想起忘在乡下的稻谷
突然想起站在水里、背来温饱的亲人
我发现我的脊柱是一串稻穗

在我弯腰之前，无秋可立

一声咳嗽，是多么尖锐的
谷芒

菜　园

用锄头分行
种下红薯
一些趴地而行的藤和叶
埋伏下拙朴和果实

汉菜，最初像
指尖扎出的血
然后，像小小的火苗
最后，铺开一面旗帜——

朝阳和夕阳拉长我的身影
一根旗杆，横竖都拽着
风，飘扬

桃 林

——写在清明

黄昏，桃枝写意
桃花明亮
明亮的桃花映在水里
眼里，像有雾气

岸上开，水里开
桃花，就开了两次

爱，是这个世界
最美的倒影
心底晶莹，堆砌、加倍的
就不仅仅是春天和一生

思念的涟漪中，折叠
三生三世。我的人间值得
和一些温暖的音容
跟着一朵朵桃花，纷至沓来

汇通湖边，我是一树
桃花，是一片
漫过黄昏和黎明的桃林

扦　插

住在乡下，是一次
贴近和远离
让我俯首帖耳的
是我的花草，我的青枝绿叶

因为我懒，它们的扭曲
仅仅是做个样子
太弯太绕、勾三搭四
捆住的是自己，疼的是自己

我心疼它们
对枯枝败叶尤其心疼
它们的好都在昨天
看不见，只怪自己
目光短浅，没有福分

我把它们堆在田里
等着它们变成泥和肥
等着它们，明年、后年

青枝绿叶地回到我的跟前

我相信轮回
我相信人是一截剪下的花枝
入土那一天，才完成一次

钉　子

一颗钉子是一种态度和想法
最终成为一种活法

向前的一微米
都是为了埋没

在转弯抹角的地方直来直去
在离皮离骨的时候巴心巴肝

还嫌不够。一颗钉子
绑住自己，成为一颗螺钉

每一次辗转都为了更稳妥更熨帖
每一丝坚持都调动来生的力气

背负线索，又决不解脱
锈在一起是最好的归宿

在漆黑的地方，一颗钉子
像星星钉住自己的闪烁

比早晨还早晨

昨夜的月光在檐口滴答
耳畔、梦畔，银光轻溅
早晨，一只白鹭从小院上空
缓缓飞过，像拉链头拉开涟漪
我的心豁然开朗
整个天空尽是内心的倒影
那些白云，是我的柔絮
连最细微的风都忍让
那些蓝，是我偶尔故作的高深
其实是很浅的小池
只养了几尾星光和锦鲤
还有闪电，这是我的坏脾气
我看见它往更深处扎根
我要继续准备更多的厚土厚德
不让它裸露，它的存在
只会伤害亲人
我突然笑了，突然发现自己
有点小小的通透，像空气
这小小的清新呀，比早晨还早晨

芦花（其二）

拢一蓬月光，从水天相接处走来
白玉梳子，梳理着风的长发
你的倒影，让我无法辨认前世、今生

一只蝴蝶在水面飞
这一刻，我看到那么多水波扇着翅膀
那么多蝴蝶没有抖落泪水飞起来

一根指头按住夕阳的洞孔
我是被风送回来的一声箫音
我的心多想折叠成那只蝴蝶，翻啊，翻啊
把月色翻到最初那页

甑　子

父母用过的甑子
我把它抱出来

那时，我们一大家子人
母亲把蒸盖一揭
整个厨房热气腾腾
甑子里是白米饭
甑子下面是土豆、扁豆、白菜
锅边是吊水馍馍……

我把甑子从角落抱出来
钉钉，箍箍
虽然用不上，但我希望
它不要失魂落魄地散掉
不要让生活，失去
木质、热乎、朴素和结实

拔　草

整个上午，我都在拔草
大家都住高楼大厦，德高望重
脚踏实地做一些事，或
做一些脚踏实地的事
真是一件奢侈的事

我写在乡下，写在
田字格里的家哟
捏住一片草叶，我说
撇得不认真，太草率
捏住一根藤蔓，我说
没有骨力，太纠结

刀片和泥土反复摩擦
风吹人间
我看见锋刃下的岁月
好容易芜杂，好不容易舒朗

目 光

窗外，远处是山水彭州
近处是烟火彭州

有一个爱的框
还有什么不能如画呢

人可以低微，住所一定要高朗
房子可以小点，眼界一定要宽广

在夜晚和白天的夹角
黄昏像一把折扇，慢慢合上

但是，闭上眼睛
依旧可以清晰地看见远方

懂得把眼睛闭上
知道有一天眼睛会闭上
你说，还有什么东西可以挡住目光

和乒乓球相爱相亲

人，可不可以像乒乓球
越是拍打，越是精神

可不可以像球拍
一只翅膀也坚持飞

可不可以像球网
绷直底线，拦住高度不足的来往

可不可以像球桌
几平方沉默，一辈子安稳

和乒乓球相爱相亲
和一些拼搏的身影相辅相成
球技好不如开心好
那些快乐的切磋，那些
从胸怀推给你的，是感恩

对话框

我固执地把我俩的对话框
当成一道门缝
那种老木门
关上，依然竖着的门缝
时光的睫毛，又长又安静

有时候，发给你
莫名其妙的词、三三两两的事
是因为，我把你当成了备忘录

这是说，我俩的对话框
也是一条石板路——

老掉牙的院子，叫老家
老掉牙的往返，叫爱情

藏

你有一个酒窝
你说，你有两个酒窝
只是把另一个藏起来了

我没有酒窝
我说，我有两个酒窝
只是把两个都藏起来了

于是，我想起，把火藏起来的
木头，把菩萨藏起来的石头

把远方藏起来的小路
把母亲藏起来的芦花……

甚至，把财富藏起来的一贫如洗
把诗歌藏起来的默默无语

我怎能不热烈又明亮
怎能不敬畏又奋发

我的小学生

那时，我多么年轻
何曾想到现在的样子

而你们，那个小样儿
何曾料想今天这么上镜

一丛丛笨拙的小笋
一眨眼，就是青翠的竹林

谁，按捺太阳、月亮的小孔
凭空，送回笛声和箫音

我，不等你们老
你们，要等着我年轻

在烈火中永生

——观川剧《红岩》有感

在烈火中永生的
是火，和旗帜
是江姐
是江的姐、河的姐
我们的姐

我们的姐，她头发引领风向
脸庞映着霞光
她给一团火
永世的花蕊和芬芳

这春风手心里的火
把黑暗和冬天烧出天大窟窿的火
也是母亲手心里的火
柔情似水的火

最终，成为

中华流淌的血脉
春天，永葆初心的花朵
成为，生生不息的爱
生生不息的万——家——灯——火——

木　香

——写在万木留香博物馆

香在
树就活着

比起挥舞的刀斧，比起
翻了的天、覆了的地

灵魂的芬芳
更天长地久

木纹荡漾。自己是
自己的此岸，自己是自己的彼岸

以香为帆
横渡的，岂止江湖

深 爱

在雨天怀揣晴柔
在心底仰望星空
在熙来攘往的街头
看百年前、百年后

像蜜蜂，用花粉打绑腿
跋涉中，自带阳光
像萤火，用诗意的闪烁
掩藏起，内心的跌撞

用高尚成全别人
用美德伤害自己
滴酒不沾，却把飞鸟
当作酒囊，扔过江湖

总是走啊走，总是给自己
一个背影——
深爱，并深深地寂寞

基　座

我看见它们，看见阳光
照着它们，看见昨夜的冷雨
瞬间成为一场喜悦的露

夏已过。堆烟之后
柳树理出清晰的脉络
白花隐逸，玉兰捏出火红的果
桂花呢，噙着泪花
满腹芬芳的意绪，就要述说

因为高大，所以寂寞
因为寂寞，所以沉着
我看见它们，我的柳树、玉兰、桂花
因为沉着、执着，而像基座——

它们之上，鸽群，因为翻飞
翅膀的下面，被阳光照着，被我读着

七月七日

这一天，我想到蜡烛
蜡烛是因为点着，才活着

一根柔肠，小心翼翼地点着
像一片花瓣或一根手指
在风的唇边，竖着

什么都不说
滚烫着，柔软着
被手心轻轻一拢，就是恩情
在明亮的眼角荡漾，就是幸福

夜

黄昏越来越浓的茶水里
几只白鹭，像泡开的茉莉

栀子花白白的香
凝成月亮，一如水汽
凝成露珠，顶在秧苗尖上

整个田野的晶莹
都不如我心尖上的一滴蜜

巴心巴肝的甜哟
越是一丝丝，越如闪电

我的内心何其明亮
我的雷雨何其磅礴

但我屏息静气，把自己
凝练成一片茶叶
小心翼翼泡开——夜

撵　路

将醒未醒，突然听见
母亲喊我的名字
那么真切、亲切，那么殷切、恳切
像是睡过头，上班会迟
母亲煮好饭，站在院坝
对着楼上窗户喊的那种声音
很关切、很着急的那种声音
压得很低、像怕外人听到的那种声音

是眼睛听到了这声音
眼泪，像小不点儿撵路般扑出去
流过鬓边的白发，流到耳际

人生是一场长长的撵路
我捂住胸口，发现
母亲借我的手抱住了她的孩子

蟋 蟀

蟋蟀在叫
时而缓慢，时而急促
时而明亮，时而暗淡

像筷子在黑色的杯里
搅动
蟋蟀就要像板蓝根
化成声音，化掉自己了

但是，没有
我看到抵挡和分辩
抽泣和坚持
看到蟋蟀把远的近的声音
拉回身体
像接受粗的细的针刺

蟋蟀啊蟋蟀
曾经，我把你比作
母亲缝衣的线头
现在，你是一个耿耿的疙瘩

孤独和欢喜

把夕阳当成新娘
就永远走在迎亲的路上
这样一想
泛红的步道就铺出红地毯

黄昏是一场无声的倒叙
我和夕阳，在夜色的网下
是漏网之鱼

没有理由不孤独和欢喜
我看见自己是一尾红鲤
在佛前，咬住
棉质的柔肠和灯芯

豌豆尖

最喜欢吃豌豆尖
最难忘母亲掐豌豆尖时的情景

田边地头，豌豆尖像
妩媚的大眼睛
像呆呆的鸟探出笨头笨脑
等着母亲捉，或者
等着在母亲手心里飞

明知道要被掐
还反反复复地长
它多像小小的翠绿的蚌壳
双手合十，举到头上
双手合十
把自己小小的愿望
把自己更嫩的芽子和花苞
举到头上

现在，偶尔掐一把豌豆尖

我舍不得洗去大拇指和食指尖上
染上的青黄，还有指甲缝里
掐着的回忆、掐不住的时光

雪

你知道它走到你跟前
已走了多远的路
无数的前世
无数的山水
无数的迷茫、飘忽、辗转
无数的云烟
雨过，露过，霜过……
瀑过，溪过，海过……
煎过，熬过，死过……
都过了
裁枝剪叶，到你跟前
只剩花了
只剩无力的飘旋、无声的比画
为了一次捧在手心或不捧在手心
你知道它走了多远的路
气喘吁吁，它就要把自己化了

每朵花都是一个筛眼

干涸的河床，是河
停止思想，还是开始沉思
风，漫过河堤
像水长长的背影

河堤翠绿的斜坡上
无数的野花急急地摇头、点头
像星星，像雪花
更像无数的筛眼

是的，每朵花都是一个筛眼
每一次摇晃或挣扎
都是想让这个世界变得纯粹

捡　漏

在一家院墙的外角
我发现一个被丢弃的瓷坛
只因既非古董，又非新货
就和老家具相去甚远
又与新家私格格不入

世道不顺，何必多辜负一颗瓷心
美好易碎，何必再为难一个瓷器

想它战战兢兢，固守青白，独善其身
念它日晒雨淋，怕飞石，惧顽童
碎不是玉碎，全不是瓦全
我真是心疼

一团宁静的月光
我愿在案头腾一个角落让它照耀
这，算不算放生

挽　留

又捡到一个瓷坛
和以前捡的那个竟仿佛是一对
放在一起，真像
有情人终成了眷属
它们眸光闪烁
悲喜交加又幸福万般的样子
让我，瞬间心满意足

有时候，我真的想不清楚
只因有些年头，但又绝非古董
这些该轻拿轻放的物件
这些曾，经火历劫、掏心掏肺的物件
这些，一团和气，碎了
才给你看一身锋芒的物件
怎么，就那么不受待见
怎么，就该遗弃在篱笆下、竹林边

世道喜新，人心逐利
还有多少好瓷，需要珍重、挽留

我用眼泪挡住一场秋雨

我拿不出稍微硬点的东西
只能用柔软的液体挡住液体
以至于，我的泪
硬到子弹的程度，嵌进身体

我把一场秋雨
挡在体内
我用眼泪挡住一场垮塌和淋漓

我灵魂的天空啊，全是雨丝
星星选择隐忍
就用那亮晶晶的雨丝把星光延续

我眼角盈盈的闪烁
是闪烁其词，是说
爱就是走了，身后，也全是光芒

亲　热

我在柚子树上，养一汪绿水
这天，我把小孙女的网兜
接在窗帘杆上，探进
这汪绿水，捕捉我的冬至
（直接掇下的柚子容易坏）

相比狗肉馆、羊肉馆的热气腾腾
我的冬至是吃素的
是嫁接在母亲的厚道上的

网兜探进这汪绿水
那些笨柚子、呆柚子
见光就灿烂、一肚子酸酸甜甜的柚子
睁着大大的鱼眼睛
却一点也没有鱼的机警和灵性
一点也不知道躲避
一点也不知道把果肉变成骨头或者刺

这是照耀家园的满月

网兜里装一个，我说，月朦胧
网兜里装两个，我说，啊，太极

当我学着母亲给街坊四邻送柚子
我想说，这才叫冬至，这才叫亲热

对　坐

身体小恙，住院
在街边吃午饭
吹着西北风，喝着萝卜汤

热心的服务员大婶
背着老板对我说：萝卜汤可以再去舀

坐在我对面的是根电桩
说坐，是因为我希望它坐
事实上，它一直站着，扛着

我想弄清楚这张饭桌
为什么紧靠电桩，才发现
饭桌，跛了一只脚

电桩站着、扛着、扶着
一平方好不容易的人间烟火
我可以添萝卜汤，它只能喝西北风

1961

这是废弃的关口小火车站
一个新的文化空间的名字

那一年，小火车通车
一条黑白胶卷
拖拽一帧帧飒飒而过的风景

路边的野花攥着火车跑
那气喘吁吁的样子
像极了我小小的晕眩的姐姐

一转眼，就只剩下风和怀念
站台的紫藤花啊
好多眼睛，望眼欲穿

早晨，是新的好
黄昏，是旧的好

过得旧的铁轨啊

那斑斑锈迹，是乡愁
在重叠、加深

1961，一枚少女的胸针
别在外婆的衣襟，成为
喉间呢喃、眼角晶莹

熬　药

你在熬一种意境
一侧身，成为一幅剪影

你用汤勺轻轻搅动。把汤勺
忘在罐里，不经意间
用铁，用北斗七星的样子，做了药引

你再捏汤勺的时候，被烫伤
你甩手、吹手，为一剂中药
再添一味，叫——疼

然后，你打电话怪我。说我
硬要喊你吃中药，又不给你熬
你自己熬，我又让你走神儿

我认。就像此刻，我把自己
扔进黑夜的药罐，却熬不出一剂
治愈失眠的良药。我认

我想，如果我用明月做药引

这熬煮的相思，会烫伤多少古人、今人

这场雨

仿佛是珠帘，仿佛是柳丝
这场雨是竖排的诗句
我不知该从左边还是右边读起
该从远处还是近处读起

一把伞漫无目的飘到哪里
哪里的长句就被裁成短句
我们的脚——主要是你的脚，走到哪里
哪里就是韵脚和小注

这样的雨，人生没有几回
只合夹进相册、骨缝和永远的记忆
只合像淋漓的泪滴
奢侈地淋湿幸福的隔世

淋湿你的左肩，淋湿我的右臂
这场雨，总共，淋湿一个人

端　午

迎着刀锋，身子一扭
以扑倒的方式前行
流放的草，在这一天回来

菖蒲、车前草、蒲公英和艾草
那么多躺着的翠绿、暗紫，香和苦

不准摆摊儿的地方，也任民俗兴盛
所有城管，还原成亲人

这一天，百草是药
草根下的母亲，跟着一个个伤口进城

一束艾草挂上门楣，是母亲的手
抚上我的额头探试体温

雨的背上

1

翻开曾老伟制作的
四十年前初中同学的相册
翻开一场雨

才明白，相片为什么发黄
黄昏，是一次
反复的生锈和折叠

2

每个人都在逆光而行，或
随波逐流，每个人都拖着背影
像旗杆拽着命运的旗帜

而我，是那支开弓后频频回头的箭
万水千山，我的靶心是初心

我的初心，是少年
我离它越来越近，又越来越远

3

那时，梦见就羞怯
课桌上画根线
说是跟你分开，其实是跟你相连

岁月把这根线搬上额头
人生，横竖是一张一直摆放
一直不知道怎样摆放的懵懂的课桌

4

那时，照片是黑白的
没有美颜
照一张相是认真的

都认死理
哪像现在，自己不认自己

小小的雏菊，朴素、纯真
美得让人心疼、心碎，美得下雨

5

一些人，已叫不出名字
只剩下晶莹、淅沥和亲切

睫毛是一蓬雨
人看到的美好，注定在雨中迷离

我看到
雨的背上，花，它正在回来

访延安

1

羡慕那些一到延安
就敢写诗的诗人
我的文字，无论怎样扑腾
都无法排成长空中
精神的雁阵

无论怎样摆布，都无法成为
北斗的侧影、背影，或倒影

2

比土，我土得不够
比高粱，我肤色太浅

比信天游，比白羊肚手巾红腰带
我太浅薄、太自以为是
多一根筋，更少一根筋

3

从远眺的灰色帽檐下
走过皱纹、岁月和风沙

夜晚是巨大的石磨
星移斗转
漏下闪电、民歌和《东方红》

4

看见壶口瀑布
两岸的山拳头一样攥紧历史的凿子

向自己，凿出一根挺直的脊梁
向自己，凿出雷鸣和远方

5

想见延河，想见
在一个倾斜的瓢里
浇灌青菜和黎明的延河

有人指着我脚下，说这就是
沿着她走啊走
直到沟壑里迸出一声蛙鸣
眼角，游出泪的蝌蚪

6

想辨认，国徽上饱满的谷粒
曾经，站在这里哪一寸土地

那些仆倒的身影
现在，是哪一座山梁在替他们站立

莲花湖

1

潮湿的杜宇王朝被历史拧着
多少故事、多少传说被拧干
晾在暗处风化
唯有水漏出，汇聚，血脉不断
哦，莲花湖
你的源头是时间的哪一道指缝

茶马古道
人走远，马走远，吆喝走远，铜铃走远
唯有岩石上马踏锥戳的窝还在
积了雨，积了泪，依然是一只只明眸
莲花湖，你睁大眼睛
为谁辛酸，为谁深情，为谁年轻

哦，莲花湖
金城窑的火熄了
你岸边的花朵珍藏不败的火星

春风一吹，你就是火中最白净的瓷
莲花座上最美的观音

哦，莲花湖
一位白发飘飘的老妇摇着桨
带着我们在你柔韧的丝绸上滑行
喃喃的水声向我说了什么
我为什么双手合十热泪盈盈

我们从何处来
这是要到何处去

2

让我抛弃
让我逆水而行
像游出山的蝌蚪，逆水而行
让我回到襁褓，回到莲花湖

哦，莲花湖，我水做的娘亲
我喝的第一口水多么干净
我吸的第一口气多么干净
我喊姐姐，一湖的莲花都在答应
我喊妹妹，一湖的莲花也在答应
没有翠绿比我更翠绿
没有红润比我更红润
月光多远，香就有多远
一生的财富是水中的倒影

哦，莲花湖，我水做的娘亲
让我在小舟上，在你的摇篮里
一尘不染，一梦不醒

3

可我又分明醒着，莲花湖
我羡慕周遭的山峦
在我还不懂得爱时

他的手臂已把你抱紧

我羡慕太阳

在你的东窗献上黎明

我羡慕月亮

在你的西窗捧上梦景

我羡慕风

你对他百依百顺，为他波光粼粼

我尤其羡慕那绵绵细雨

你看她斜着身子、腰肢苗条

多像为爱情轻生的女子

哦，莲花湖

一只白鹭在水面上不知疲倦地飞

他一万次张开翅膀

却一辈子也抱不起梦中的新娘

那就是我啊

莲花湖，我水做的情人

我一次次淹死在你的怀里

又一次次复活在你的香里

4

在众多水中我掬出一捧
莲花湖，我看见这捧水
穿兽皮的男子喝过
长头发的林妖照过
委身花瓶是瘦削的少女
屈身陶罐是丰美的孕妇
端在念念有词的巫婆碗里的
是药，是满月，是开向鬼神的窗子

是的，一湖水是开给天空的窗子
是开给先人后人、今古传奇的窗子
这扇窗会在万钧雷霆中轰然而开吧
那时候啊，一湖的水同一场暴雨兀然站起
扫污涤秽。然后，水碧天青
人和神相爱相亲，相敬如宾

莲花湖啊

我的小桨像我的胸鳍
小心翼翼刨开你
刨开你，我要探究我的前世
刨开你，我要种下今世灵魂的藕节

来世啊，一湖的莲花徐徐开放
会有一只翠鸟辨认并喊出我的姓名
而我今天的呼唤
也必将从千年之后传来遥遥的回声

莲花湖——莲花湖——莲花湖——

返处人间

《九尺积谷仓》　黄旭东 / 绘

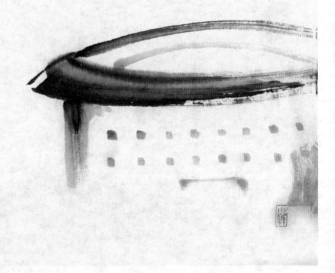

《敖平土楼》　黄旭东 / 绘

家园是灵魂的暗香

我不知道，对于很多人来说
还有没有家园
在父母生活过的地方
我感受到日子过得严丝合缝

一根藤蔓
左一下，缠着母亲昨天的目光
右一下，绕上我今天的思绪
一些我种下的好花，看在亲人的眼里

不青枝绿叶叫不叫家园
不青枝绿叶叫不叫人生
阳光照耀，或雨水淋漓
向下的力量催动向上的生长和开放

我低入尘埃的父母
我知道你们涌动着暗香
身有所寄，魂有所依
我是这样低回婉转，热泪盈眶

呢　喃

有点困
我就哄自己，像睡莲
重新变成骨朵

有时候，我温柔得像一团棉花
我就把自己搓成一根灯芯
我想象，在佛座下
一只洁白的蚕儿
啃着闪光的小小桑叶
啃着自己

我有着小小的明亮和欢喜
我确信，今世的呢喃
就是向另一世，吐丝

这处人间

出了龙门
车身顺着墙角一转
我看见伏在墙头的蔷薇

最近，在城里住得多
忘在老家的蔷薇，像有了
某种思想感情，长得特别好
耳朵，支起来，辨认每一声喇叭
眼睛，一眨不眨，等着靠过来的转向灯

我情不自禁停下车，摇下车窗
在发动机的突突声里，潸然泪下——

当我最终远行，我能不能
也这样，摇下命运的车窗，摇下
隔世的玻璃，看一眼，这处人间

暴雨夜

风，像疯了
像要抽走树、竹的骨头和三魂七魄
雨，铺天盖地；雷，劈头盖脸

我想起野外的父母
想起两个弓着背的小土堆
我期望这一念，像撑开一把伞
这一念，像一个大翻碗
把今天的日子递给从前

万物生长。我的父母啊
我知道他们在地底，仍在劳作
他们又累又苦又沉
就为在跷跷板另一头
眼巴巴，把儿女高高跷起

为我挡了无数次风雨
今夜，我真想真想给他们挡一次
而我，仅仅是
关好门窗，关不好歉疚和思绪

发 卡

不邂逅一场雨
你就没有来过彭州，没来过
磁峰柒村，没住过民宿
而且，必须是夜雨，不能撑伞
有时候，轻轻一隔，就是隔世

不好好湿一次
苔痕咋上得了那个台阶
梦啊，老家，还有朴素的亲人
咋能小心翼翼、亲亲切切地回来

这世界，场面太多，眼泪太少
彭州的雨，是好一场杨柳依依
是好一场轻轻的抚慰、细细的叮咛

是湔江拉直了涟漪，一头长长的直发
等着你轻轻一别，成为发卡

抬　举

以前我觉得
草啊、花啊都需要抬举
砌个台，装个盆，精神就有了

后来我发现，盆里的金弹子总是缺水
鼓多大劲结出的果
总是抓不牢

我终于，下定决心，敲碎花钵
把它栽到地里，让它矮下去

抬举，有时候
就是在高处指一个阵地
让你去坚守

有时候
真的是整冤枉

看　开

我的绣球和玫瑰
给它一个破水缸，就荡漾
给它一个破篱笆，就依偎

我好羡慕它们啊
万般奔忙，劳心劳力
不及这若无其事的出色

它们是真真地开
而我，仅仅是看开……

黄玫瑰

它把身子和脸庞
斜到路中央
路中央，只有风
而风，太不可靠

我打这里过，只能斜着身子
它在我肩头一搭
又在我胸前一佩
这几天，都这样

今早，我感觉它在我肩头
拂去一丝线头
在我胸口抚平一些褶皱
依稀，在我心头拂回几生几世的时光

我的心一颤，细看它的时候
我看到飘零，看到它的身子
就这样一轻再轻，重新弹回去
把路让开，把缘让开

李　子

房前院后，边边角角
母亲，总不让它空着

门口，几棵萝卜开花了
又白又蓝的小碎花，一荡漾
就飘出几只抓拿不稳的蝴蝶

汉菜开始红，顺着围墙拐弯抹角
端午，又被母亲的红绸系紧一次

院后，李子差不多可以吃了
枝条上，像
斜过胸脯、垂落腰间的翠绿纽扣

母亲盼着我们回家吃李子
盼啊，盼啊
直到李子一颗颗，被雨打落
被风吹落，被自己酸落、甜落

没有一颗是被鸟啄落的
因为，母亲，一直在树下守着

母亲无法像赶小鸡一样
把一群李子赶回去
无法，在晴好的日子，阻止
一树李子，滴答成雨

无法阻止粗心的儿女，有一天
嚼出李子的真味：它，一路苦过来
甜，只是因为，把身上的苦，收拾得干净

滴　答

每次下雨，我都莫名其妙地
又欢欣，又精神

我疑心我的前生是一滴雨
我羡慕，树枝上
一滴雨找到另一滴雨，然后
一起滴落的样子

在九尺乡下的一处屋檐
我是一滴热泪
一声忍不住的，爱和滴答

鱼 刺

一根鱼刺卡在喉咙
是想把我变成一条鱼

全身都扎着刺的鱼
该有多疼

在喉间挑剔，像一个隐喻
在喉间牵挂，像一些呢喃

好大的缘分
才来这一出，难吐难咽

鱼回头，是岸
我回头，是江湖

寂　寞

邻居八婶和我老母亲
一辈子没有红过脸
她总爱到我家坐坐

前几年，老母亲走了
她还是爱过来，说着说着
就激动地拉住我的手
提高音量说：小明、小明，看见你
就像看见我的儿子一样

每年梅花开，我总要剪几枝
让她欢天喜地带走

今年，她走了
我看见满树繁花，有几枝
特别寂寞

天　上

我看见太阳的光辉
化作谷芒
月亮的银辉
化作米粒

这可以捧在手里、端在
碗里的照耀哟
让多少人泪花闪烁
像扬花的稻子

磅礴的照耀
磅礴的恩情
磅礴的哭泣

袁老，你无言
多少人在天上找你

冬　雨

春天没有潇洒
夏天没有奔赴
秋天没能缠绵
冬天，才来相遇

玻璃窗没有抓拿
再近的相隔，都是天涯
迈出步子，就是迈向消逝

一毫米的力气
走了两厘米三厘米的距离
叫哭泣

没有听到声音
只看到好多好多无声无息划去
一些爱的音容，一些
黑白的闪回，让我模糊

雨刮器像手背在抹去
抹不去，这远远近近
猝然遭遇的又一场辽阔的淅沥

埋　伏

听老歌，才发现
一支队伍埋伏在我的眼角

冲出去
追上阔别的战友去拥抱
追随久违的号角去冲锋

急行军
在我的脸庞前赴后继急行军
淌过的皱纹，哪一根
不连着万水千山和长征

急行军
在我的脸庞向着远去的背影急行军
打湿的衣襟，哪块棉、哪根线
不连着江南的爱、塞北的疼
不连着大娘的白发、大嫂的针

一面红旗展开
血液里埋伏的山丹丹一起燃烧

甜甜上幼儿园了

爸爸对甜甜说，不要逞强
甜甜问：墙在哪儿，不逞墙逞什么

妈妈的车在立交桥上开
甜甜欢呼：哇，好长的梭梭板呀——

我一个人看电视
甜甜在楼下说：
爷爷只陪自己，不陪我

这就是我家甜甜
她两岁零八个月，就在前几天
上了幼儿园。我突然发觉——

一家子的幸福是一个青花瓷碗
这碗，被甜甜端到了家的外边
你说，我咋不担心磕磕碰碰

日　子

不想说话，不想解释
我将其归咎于年岁增长，体力不济

神伤得太多
哪还有一丝仙气

我从不拈轻怕重
拿不起的是一些鸡毛和蒜皮

当父母选择在两个时段住下
我对自己说，父母累了，不想走了
以后的岁月，我走过去看他们

现在，我也累了
我的思念还能不能到达目的地

这寂寥的奔波
藏在我笑脸相迎、若无其事的日子里

冬

这个冬天，给点
颜色让你瞧瞧的，不仅是银杏
天灰蒙蒙，看不透，更看不懂

一群小鸟，像一个
不断变形的网兜
网过这边天，又网那边天

它们撒落在公路上
仿佛路上有抛撒的米粒
可是，不停歇的汽车
瞬间，又让它们变成网兜
在风中变形，晃荡

人家是吃不了兜着走
它们是兜着走，也吃不了
西北风中
只有扑腾、仓皇和苍凉

阔　别

让我碎成一场雪
一场鹅毛大雪
有温度，又美丽，又冷冽坚决

放弃星空，放弃
三生三世的飘忽和奔赴
只为这一次
紧贴尘埃的壮烈

低眉垂眼，心思都深藏
裹足不前，缘分都掩下
这一次的埋伏，只为融化

最终是一场阔别
最终是一场辽阔的哭泣
春草，睫毛一样颤抖
是我，最后一次——回头

土　豆

晚餐，原计划烤两个土豆
忍不住烤了三个
是撕皮吃，还是不撕皮吃
我犹豫了一下
香香的土豆
把自己和盘托出的土豆
打个滚是童年，翻个身是日子
我担心，轻易撕下的
是记忆和滋味
随便扔掉的，是乡土和恩情

我看见锄头和劳作
看见，紫色的土豆花
在母亲眼里盛开

紫　藤

在老家，我种下的植物太多
一株紫藤，我不要它肆意牵扯
伸出藤蔓，我就给它剪去
那些藤蔓，太像神经
随便哪个方向，随便哪个维度
都触碰和纠结，浓暗和茂盛

一星期在老家住两晚
今晨，我走向小车
发现一根紫藤抚着我的车背
缠在了行李架上

它拉住了这个世界变成铁的部分
很快热、很快冷、面无表情的部分
就是停下，也火急火燎、执着于速度的部分

为了这次触碰和缠绕
它有多气喘吁吁，在风中
一丝，一毫，一寸

犹如一个目盲的母亲，在风中
把想象出的儿子摩挲好多次

没有掰开它攥紧的手指
我就开车了。在路上
我才想到那十指连心的拉扯
想到所谓的前途和身后的疼

是什么，让我一次次离开老家
是什么，让我一次次离开自己

姚家沟

自从姓姚的人家落户
这道野谷，才有了姓氏

一道峡谷才从闪电的拓印
变成血脉的辗转和柔韧

变成线索
变成串联、缝补和牵扯

一本山水人文画册
缓缓装订，又徐徐翻开

在你所站位置的前一页
神，刚刚落脚

风啸雨落、晨钟暮鼓，是行云
流水的记录，也是青枝绿叶的诵读

樱花谷

答不出，铁杆子煤矿离
樱花谷多远，就像
答不出，自己离自己多远

樱花谷叫铁杆子煤矿的时候
幽深的矿洞，是
姚家沟的古道热肠

铁杆子煤矿叫樱花谷的时候
封闭的矿洞像庞大的根系
满山满谷，捧出樱花的炭火

都是不动声色又有声有色
都是日照不足却热烈滚烫

折来折去的姚家沟哦
折在额上、路上

飘

我看到的樱花，是地上的粉红
飞到空中，歇在枝头
聚成这朵、那朵，千朵万朵

是逆着时光来到跟前
陪着我们，走在风中

飘，是更盛大的开
开得不像花、不像话
只剩胸怀和爱，只一味地
要你成为花心，自己成为尘埃

水墨老家

姚家沟水里的石头
刚从山上脱落，棱角分明

被推动，被磨圆，成为卵石
成为蝌蚪，是下游的事

这里是上游，来不及圆滑
来不及，一转身，脸就变了

青苔，有时间翠绿
竹篱笆，有时间去湿、去黑、去朽——

有时间化作墨
在黄昏的宣纸上，在风中雨中，淋漓作画

也是添堵

在古朴的山道上，两个
时髦的姑娘，跳起现代舞
像两株调皮的盆景
盘了这枝，又猛地弹出那枝

人们情不自禁停下脚步
分针秒针停下脚步
像故事被美妙的细节拦住
像诗歌被诗眼拦住

像春天被姹紫嫣红拦住
被音乐拦住，被舞蹈拦住
被芬芳、阳光、激情和爱拦住

姚家沟很老，而花朵很年轻
我看到漂亮的孙女用各种姿态
拦住她的祖母，不让老去

风生水起

端坐在佑志兄的板凳上
端着一杯茶，端详一座山
一座不起眼的山——春山

也有黑，那是枯枝和老干
也有红，那是新叶和新花
也有模糊，那是深绿浅绿在堆砌和渲染

那么干净，那么丰富、单纯又超然
像一头庞大的牛简单地卧着
咀嚼重重心事，咀嚼沧桑和变迁
想起太阳像穿红肚兜的牧童
在它身上爬上爬下，我忍不住笑了

难得这样端详一座山
难得看到如此强健的骨骼，饱满的肌腱
埋伏在民间的缄默、忍耐和力量

某一刻，我看到它站起来
回眸，看了看月亮的犁铧
姚家沟突然风生水起

孤　独

偌大的青草地，只有一朵野花
不像热闹的向日葵，一开就是一大片
只有一朵
黄金一样闪烁，黄金一样孤独
也黄金一样一点也不孤独

花瓣挨挨挤挤，色彩热热烈烈
花朵伞一样撑开，有柔柔的伞骨
花心灯一样点着，有小小的窃喜
通透了
四面都是水晶和镜子，自己有自己陪着

岁　月

正月十四，给五姐拜年
午后，去附近的观音泉
拜望菩萨

就看见路边的三棵老树
因为是冬天，显得更老
空中的枝丫，像碳化的闪电

就想到铁脚海棠
多像它们跌落的手足
黑不溜秋，捧出的却是炭火

想起小时候给院里的树
砍个口子，塞年饭
再围上一圈红纸的情景
人和树都红红火火、欢欢喜喜

那时候，我们多知敬畏，多么相亲

躲不过的雨

进了隧道，雨还贴着我下
车窗上的雨滴，斜着身子
在顿挫、犹豫，或流星一样前行

车窗是睁大的眼睛，如此靠近
看着我，陪着我，奔赴前程
她内心的淋漓、执着
像极一些深爱我们的亲人

我的手拭不去窗外的雨滴
亦如我触着冰凉
拭不去母亲隔世的张望和凄迷

走得再快，藏得再深
也躲不过一场雨
躲不过这人间淅淅沥沥的爱和心疼

皈　依

每次乘机，我都恐高
没有长出翅膀，高处，真的冷

我就特意戴上乌木手串
用大拇指轻轻拨动
你信不信，这细细的摩挲
深深的呼唤，唤醒了
一棵古树、一片森林
我把体温给它，它把沉香给我

有足够的牵绊和呢喃，这世上
就没有一条青枝、一片绿叶会枯萎
没有一道风生水起的涟漪会消失

每个白天都是一滴热泪
我们都在这样的江湖
相忘，或相望。我不想
成为那条，只有七秒记忆的鱼

每次远足，都是一次靠近自己
每次孤旅，我都反反复复
向一棵树，向一片森林，无限皈依

蛇

发现一条蛇
两位女诗人发出恐惧的惊叫
兴茂兄捡到一首好诗

两声惊叫，我当时听见了
而蛇，是在兴茂兄的诗里看见的
蛇以为能逃进草丛
却被一首诗捕获，被反复
放到马路边，从此身不由己

我就想，这世上本没有蛇
被看见，被指认，才有了蛇

蛇，横着，是一道涟漪
盘着，是一个旋涡
一路走来，那些涟漪、荡漾还少吗
那些旋涡、晕眩，还少吗

只是缺少两声惊叫
心醉神迷，一切，都是景致

别过头去的一朵海棠

把命运在身后一横、一斜
像一道斜挑的墨、一柄佩剑

别过头去，背对
十里春风、一万里繁华和趋炎附势

它裹紧身子，成为
春天最后一颗解不开的纽扣

安　好

我从来没有这般
热爱、怀念这个词

当我面前的电脑屏幕
慢慢闪烁，像打了马赛克
仿佛风在吹、雪在下
我知道，我的心在工作
眼睛，在哭泣

当台上的人
越来越虚幻，恍如隔世
我知道，我真实地坐着
却在更真实地流淌、远去

这个季节，所有的花
都心甘情愿地开
无数的枝条拈花一笑，再笑

我像一条小溪，穷尽一生
背负飘零、美，和孤独

拳　拳

就是再宽，也容不下
就是再三原谅，也到不了
我知道，原谅也需要力气
你走远，我也就远了

我是如此一意孤行、寸步不让
我是如此热爱、感恩
山川、风雨、血脉、诗歌和缘
那些朴素、善良和执着
那些卑微、争取、向往和热泪盈盈

多么独立又身不由己
多么骄傲又言不由衷
我是承上启下，是昨天、明天
悲与喜中间的，间隔

就像一块鹅卵石
磨去的棱角成了生长花草的沙土
剩下这拳拳之心

我要它硬着，或者硬撑着

只有我自己，可以把自己
扔出去，只有我自己
给自己，一个位置或价值

打　开

我想和你深情对望
像荷叶上的两颗水珠，相互照耀
饱满、干净又生动

小小的荷叶是我们的
风平浪静
深绿浅绿是我们的
和盘托出

清清浅浅，明明媚媚
笑也晶莹，哭也晶莹

微风中，辗转相遇
我们荡漾，有些手足无措
如果各自坠落，小小的涟漪
像拉钩的手指，像锁，扣在一起

我们是扔掉钥匙的人
我们是找到钥匙的人
我们用光芒，相互打开

飞走的蝉

同事英年早逝
在他离世一周年之际
我收到他夫人和女儿为他
编印的个人画册
他夫人说，印得很少
只送给亲友做纪念
我瞬间泪目
庆幸自己一贯地与人为善
单位里，我正，他副
专业上，他画画，我写诗
我们是同事
除了同事，我们很少同事
他抽烟喝酒很凶
而我两样都不行
他像一个艺术家
而我，更像一个普通的兄长
我庆幸我像兄长
我自责做得不够

我翻看着画册
像看着一个个蝉蜕
想到飞走的蝉

风的背影

听风。听很大的夜风
左耳进，右耳出

把匍匐的扶起，还是让
匍匐的更匍匐，取决于
态度，取决于面对还是背对

一场浩大的搬运。天边的黎明
被挪动，并倾斜

倾斜的还有思绪
一些交叉的路口和门窗
变成菱形
一些死结被解开，一些
捆绑被解放，一些不在意
突然变成新的挣扎和纠结

还有什么不能揉搓
还有什么不能弄皱

高一脚、矮一脚叫私奔
高一声、低一声叫呜咽

而你睡着，风
就不存在。所有向你的奔赴和
捶胸顿足，不存在

第二天，眼圈发黑
我说，那是风的背影

影　子

一个影子，在
清清浅浅的小河边垂钓

他身边的小桶里
装着几尾小鱼和几道涟漪
他收起钓竿，收起遮阳伞
仿佛抱了一抹晚霞

我敢保证，在我的诗歌
发现他之前，生活
都不曾发现他

而现在，一个影子
他回家的样子，多么心满意足
多么耀眼，多么与众不同

老师走了

2022 年 5 月 23 日 6 点过 5 分
在星星悄然隐去、天刚亮的时候
简平彬老师走了
这个季节绣球花、三角梅
正姹紫嫣红
彭州文学的花园，少了一位园丁

一个洒水壶，手把尚带体温
壶口还在滴答，斜在湔江微斜的风里
一支笔伏在稿纸上
满腹墨水，已是另一个世界的江湖

我在善人桥教小学的时候
老师过来给我辅导写作
在我犹豫去文化馆上班还是继续教书的时候
我父亲托梦给我，说文化馆好
简老师都在文化馆上班，文化馆好

文化馆的简老师目光向下、灵魂向上

为文学爱好者呕心沥血
文化馆的简老师笔耕不辍、著作等身
为彭州文学的构建奠基立柱

我喊简老师为老师
我一天天看着他，以一己之力
把不断沦陷、溃败的老师的称号
提升到相当的高度

老师消逝的地方
我看到空蒙和星辰、遥远和力量

雷　雨

就这样撒泼
捶胸顿足
一胸膛的滚烫
更要哗啦啦扒开给你

遍地长的短的
钉子，赤脚踩过去
在天边徘徊
他的落寞，何其辽阔

走了

秋　分

怎么分呢
分到红的，还嫌没红透
分到黄的，就黄了

雨，淅淅沥沥
分给夜晚的比白天的多
分给眼睛的比大地的多

甜和苦，分给果子
凉，主要分给心

一棵树，一身的嘴
没有一张嘴，为自己说句话

怎样分都好
辗转，只是想搁平
今生的缠绵、来生的火焰

石　磨

前世、来生，是两块石磨
之间，是今生今世

关于辗转、轮回
关于压榨、折磨
关于守住初心、粉身碎骨
飘飘洒洒或恣意流淌
那是生命，在自证热爱、痛苦和坚持

是自己，握住并推动着磨把
是自己，在胸前绕啊绕啊
抽离心中的丝，是自己
内心在交错，翅膀在身体里扑腾

有一天，撒手了
不是不爱了
是推磨的手，它，没有力气了

三十而立（朗诵诗）

如果说三十而立是身体的矫健、心灵的内省、
　情感的饱满、行事的从容、信念的坚定
那么，我们的龙门山三十岁
三十岁的龙门山，继承着
龙门山亿万年的铮铮铁骨和伟岸
高昂黄金的头颅，张开青铜的双臂
抱一轮红日，放九峰山头——
击鼓
嘭！擂出故园热烈的心跳
嘭！擂出亘古穿越的乡愁
嘭！擂出滚滚春雷
擂出追星赶月、开天辟地、万马奔腾、天地争雄

如果说三十而立是身体的矫健、心灵的内省、
　情感的饱满、行事的从容、信念的坚定
那么，我们的湔江三十岁
三十岁的湔江，从岁月深处铺开翠绿柔软的丝绸
映照篝火和歌舞，田猎、劳作和炊烟
映照蚕丛、柏灌、鱼凫、杜宇……茫茫开国，古蜀依稀

映照文翁、王勃、陆游、杨慎……汉唐宋明，千载星光
映照何秉彝、杨石琴、陈子庄、阳友鹤……现代、当代
彭门内外，英灵秀出，千年文脉、百里画廊……

哦，不只龙门山，不只湔江
还有斜风细雨春华秋实，梦里梦外黄昏黎明
从葛仙山的春色，到九尺铺的传说
从城里脚手架的拔节、龙兴塔的祥瑞
到平坝十里春风的浩荡、万亩蔬乡的辽阔……
都是三十岁的稳健，三十岁的力量
三十岁的血气方刚，三十岁的富饶、明亮，慨当以慷……

金城窑的火熄了
莲花湖岸边的花朵珍藏不败的火星
春风一吹，隆丰的火中又站出最白净的瓷——
三十岁沉稳的眼神，三十岁玉质的骨节
三十岁朴素的奢华
三十岁古意盎然、骄傲的创新和迸发

"一朵妖红梦里看。"牡丹

你的指缝拢不住内心的灯

涌江岸边，你是那样小心翼翼，怕灵魂的火焰

在风中，方向不明，站立不稳

你终于捧出笔画重叠的大红喜字

向丹景山，向民间，红着脸庞，倾情一嫁

三十岁的深思熟虑，三十岁的幸福甜美

三十岁对故土装点拥抱，三十岁对大地情深义重

哦，不只这些，不只这些

就是那条以"牡丹"命名的大道

也有着三十岁的宽阔、三十岁的胸襟

连接山里的新月、山外的黎明

拉直归途的波折，铺开前途的光明

还有那些稍微窄小的道，都是三十岁

有着三十岁的精明、三十岁的勤恳

在城里横来竖去地奔波，在乡村披星戴月地引领

哦，一千四百二十一平方公里的三十岁哟

三十岁的城，三十岁的村

三十岁的各行各业，三十岁的气概、气度

三十岁英姿矫健、一往无前、欣欣向荣

以新发展理念为"魂"，以公园城市为"形"

以跨界融合为"脉"，以服务双圈为"能"

三十岁的睿智、精进，三十岁的砥砺、奋进

三十岁的目光如炬，三十岁的前程似锦

以生态人文为底色，以人民城市为内涵

以战略保障为使命，以现代产业为支撑……

我三十岁的彭州，古老而年轻的彭州

亦父亦兄的彭州，和我有着过命交情的彭州

安全彭州！实力彭州！山水彭州

生活彭州！开放彭州！活力彭州

我生生世世、心心念念爱的源泉和归宿

我魂牵梦绕，为之歌、为之哭的眼泪的上游、血液的源头

我亲亲的立体山水，彭派之城

让我们一起三十而立再出发，激情澎湃塑风流……

附录：评论

以瓷论道和乡村理性的诗歌表达

——论郑兴明的系列诗歌《彭州白》

易 杉

　　中国瓷器在宋代已经发展到顶峰，不仅仅因为工匠精神注入器物的制造工艺，更多原因在于人文精神的注入。开启于"以瓷论道"的英国 18 世纪陶瓷文学，成为人性欲望表达的切入口，也成为文学审美的出发点。而中国农耕文化所培养的诗歌情怀和《诗经》传统更是相当固执地滋养了一批又一批温润敦厚、崇尚"气势"、证悟"心性境界"、安顿"生命之缺陷"的赤子诗人。《彭州白》系列诗歌以起伏的情感张力，为我们呈现了中国瓷器的内在美学在不同历史场合和个人境遇中散发出来的诗性魅力。"从身边的事情之中寻找诗意"是历史性的个人化表达，避免了宽泛的"不及物"抒情和宏大叙事。诗人郑兴明从生活经验出发，从材料出发，为历史事件或事物重新塑形，在词与物之间勘探生命的辩证，挖掘词与物关联中潜伏的人性深度和情感深渊，把历史想象力置于个人的情感遭遇之中，把对本地经验的诗性拓展和对历史文化的诗性想象置于修辞的伦理之中，论器与论道在语言中抵达平衡。整部诗歌，展示了诗人对作为实体的"瓷器"的因

缘聚合的多种可能性描述和具有浪漫多思属性的"白"的诗意挖掘。对于彭州白的历史现实经验、情感生命体验及审美超验形成了一曲曲惊奇的画廊般的交响乐章，器与道既形成了二元对立的精神场域，也构成生命美学的物质张力。一部地方文化史变得栩栩如生，一部《彭州白》的情感生命得到了充分理性和艺术的演绎。成都诗人郑兴明的诗歌，保持了土地般淳朴的抒情性和发自肺腑的歌唱性。对于彭州白的抒写，是诗人"及物"叙述的最新尝试，他以"兴观群怨"的诗学精神，饱满的人伦怀抱，在记忆、记录中，表达着对脚下这片土地无比热爱的赤子之心。诗人执着于他的生存现实——成都平原、水利文明、农业意象、安静和谐、内敛平和、自足闲适。慢条斯理的生活节奏，造就了诗人平缓从容的内心世界。清茶一盏，娓娓道来；小酒一杯，引吭高歌。对彭州白的抒写如古老的湔江之水，滔滔不绝，诉说着它的过去、现在和生生不息的未来。

《泥香》追溯了从结绳记事开始的朴素的中国稻田文化对于个体生命的情感逻辑。"那些绳，断了／那些结，散了"，写简单的农事。"拙朴的门帘"和"眼角打结的雨的滴答"——农人的艰辛苦楚直扑纸面。"直到看见一双手／从土里挽出一个疙瘩"，一个"挽"字，是灵感，是顿悟，是智慧，肯定也是长年累月地扑在土地上休养生息，长吁短叹，专注和凝神的生命的惊奇发现，这就为陶瓷的发生学赋予了深刻的形而上的想象力。是的，彭州白正是泥土之香对先民的呼唤，是"岁月的信物"，是"老家的牵挂"。诗人挖空心思，为彭州白找到了精神的源头和审美的源头。彭州白就是用泥土的芬芳塑造的劳作之魂。有形和无形，视觉与嗅觉，构成了彭州白特殊的诗性空间，同时也是土地情怀的具象化和个性化表达。

《雪鹰》是诗人以直觉构想出来的意象。一个"团"字，写活了彭州白的精神灵动和高远的生命理想以及蓬勃的生命力。"哦，蜡染上栖息的彭州白／体内，藏着一只雪鹰"，突出了彭州白动态中散发出来的生命光辉，把彭州白的物性置于雄鹰的蓬勃意义链条之中，看来诗人深谙中国传统诗歌中动静相生的辩证法。

《血脉传承》以精巧的比喻，还原了一段尘封的历史。彭州白，也有一段隐秘的过去。军乐仿佛一个女人的身体，孕育了彭州白，也在新时代生下了彭州白。生生世世，万千阵痛奏响了彭州白的蓬勃生机，那些零星的火种开启了庄稼人的智慧，"彭州白，躺着，你是生长五谷的摇篮／站起，你是火的莲座上最美的观音"。

《古典明月》是诗人一瞬间的感受，明月喻白瓷，为彭州白增添了古典的美、朦胧的美、凄凉的美。诗人以瓷联想到爱情，把个体、历史的遭遇融入对白瓷的描写之中。物与心性的交融成为诗人此刻的幸福。

《抚平》通过对生活现实的指认，把瓷器定义为人生的安慰。"在碗口轻轻一刮／抚平我的江湖，敞开我的茶林"，苍茫的人世间，变幻莫测的风云，只有瓷碗淡定，成为安身之器。对时间的空间转化，相忘于江湖的悲壮之美，全部落实到一盏清茶。真有"一蓑烟雨任平生"之气势。

《瓷魂》在诗人郑兴明那里就是一个"碎"。"而你，碎成针／密密的针脚，一小步是疼／一平方是疼，一公里是疼／／

一千多年，反反复复……"是具体生活苦难的痛，也是时间之痛。从宋代的白瓷到今天的彭州白，我们看见的是碎片或者残缺，是生命的遗憾，也是历史的遗憾，诗人从生活的细微处体悟到器物道出的人生况味。在我们精神的上空，久久回荡的是白瓷雄鹰一般的游魂，它庇佑后世，为我们尊敬的祖宗代言。天道、人道和地道合流，成为这块土地上生生不息、繁荣昌盛的推动力。

《龙兴塔》写出了彭州白瓷诞生的外部环境。月亮和塔的对应，构成了彼岸与此岸的对立，甚至把塔身看成螺丝钉，为古老的文化具象找到了现代性的命名。而又关乎四季更替、爱恨生死，彭州白正是聚合了龙兴塔一般的文化灵光才应运而生。文化神秘主义呼应了这片土地的神秘。

《白茶》中的彭州白茶与彭州白瓷交相辉映，为彭州这块古老的土地构筑了一个闲适、自在的人文空间，仿佛陶渊明的世外桃源，寄托着婉转而挥之不去的历史乡愁，也是人类繁衍生息的诗意栖居地。

《九峰雪山》从文化地理学的角度描述了彭州茶文化、白瓷文化存在的物质条件。"一场雪，删去杜鹃、飞瀑／删去奇松怪石、流云飞岚／删去所有披挂和牵挂"大自然的鬼斧神工，一切人造物和植物的独特性，仿佛都是神的恩赐。

可以把《彭州白》看成一部浑然一体的乐章。从《泥香》的序曲开始，以历史事件的先后和外部发展为线索，最后立足于《听白》和《立冬》，从外环境落实到诗人个体的内环境，诗人听从了自己与彭州白的精神交流，听从了历史人文的召唤，听从了个人情感的缠绵悱恻和万丈激情。"听一些碎碎的念、碎碎的坚持／

附录：评论
听，无中生有的有、彭州白瓷的白""的确。成器／不是膨胀，而是收缩和隐忍"乐观、精进，终不可放弃高远的期待。在物我两忘之境界中，诗人的自然主义情怀散发出"我捧起一个彭州白，对自己说／今天，我立冬"这样与天地齐一般的豪气，诗人的骄傲完全来自生养他的这方风水。

《彭州白》在语言上呈现的静态，回应了中国诗歌的传统美学。轰轰烈烈的当代生活基本上被情怀过滤掉，内心世界大于外部世界。整部诗歌就是一个精神的道场，倾诉，独白，基本上看不见与当代生活的繁复、晦涩的对话，这恰恰构成这组诗歌的纯粹。既有田园诗歌的烂漫，也有爱情诗歌的甜蜜，更有咏物诗歌的人文气质。中国古典诗歌赋比兴的表现手法在诗人郑兴明的抒写之中变得游刃有余。尊天敬祖的人文思想，儒道的理性思维，在诗人的抒写之中成为一种习惯。这恰恰呼应了中国古典文学理论中的"境界说""性灵说"，在语言"观相"之中展开生命的情感张力。尽管宏大叙事已经成为现代诗歌的禁足之地，但是，人类命运共同体和语言共同体关联，使它依然是汉语表达的现代活力。从传统的语言策略中走出来，赋予汉语以新的表达方式，依然是写作者的责任担当和新时代语境中的艺术突围。无疑，《彭州白》的精神取向和历史取向都是我们发扬民族文化的精彩表达。时空飞转，作为诗人，我们的文化理想和历史抱负都应该建立在语言的日新月异基础之上，让语言的光辉照耀我们坚强而蓬勃的大地。

"以一国之事，系一人之本"（《诗大序》），追求一种内在的精神实体，文以载道，因诗见道，自宋以来成为士人内在精

神生活的思想源头。彭州白瓷被誉为"天府文化新名片"，这绝非偶然。彭州是古代蜀国的政治经济文化中心地带，包括李冰在内的先民们，在与土地打交道的过程中，磨合出一份智慧，磨合出隐忍坚强的内心。土地的陪伴，文化的守护，滋养了这片土地上人们的性灵，培养了这片土地上生生不息的诗歌情怀。所以，《彭州白》就是以诗歌的方式，为这块古老土地赋予了诗意内涵和美学意蕴，通过曲曲折折的情感线索，多层次、多角度地挖掘词语的意义边界，也展现了诗人的语言功底和艺术见识。

2020 年 4 月 30 日于新都状元府邸

刊于《四川诗歌》（2020 年／夏）。作者系 60 后诗人，诗歌评论家。著有诗集《螃蟹十三梦》《拐角蜗牛》《黑蜜 黑蜜》《第三人称》《白噪音》。

关于《彭州白》的"白"

陈　璀

　　中华工艺是承载中华文明的载体，《彭州白》这个诗章以川西彭州白瓷工艺前世今生的辉煌与暗淡为情感投射，用"白"的色彩，说出白瓷"瓷性"，托起白瓷"瓷艺"，定格白瓷"瓷品"，吸住白瓷"瓷魂"，升华白瓷"瓷境"，敞开了诗人歌颂与忧思互现的君子担当情怀。从公元1世纪罗马帝国首任君主恺撒大帝着装中华丝织品赛里斯（seres）并以此指代中国后，"宋了"的瓷器（china）承载起"从宋至今"中国在域外的国号。白瓷是宋瓷中具有代表性的一种，代表着大宋陶瓷工艺发展的最高水平。宋代白瓷以河北曲阳定窑为代表，当时"仿定窑"的川西彭州白瓷，同定窑白瓷同等名贵。《彭州白》"滚烫"的情感燃烧于"白"里，乃瓷品使然，乃彭州地域使然，乃中华文明使然，乃诗人心灵瓷片的钥匙旋开"太阳的锁孔"使然。作为《彭州白》的读者，我感"白"入心了。

　　伴随诗人和诗情，先具体地游历一番吧。

　　《泥香》说"白"。"从土里挽出一个疙瘩"，"才明白，

彭州白"。彭州白这个白瓷的发现,"用泥香,和你说话",由知味而知音。出泥的"白","白"出雅致珍贵,情随之"白"而倾心。泥香做伴,这个香何尝不是"白"出的香呢?这首诗的说"白",不只是赞美,还是含情脉脉地爱恋伊而在结构上点亮全诗。

《伤口》忧"白"。不管是古代,还是近现代,在社会历史演进的各个岔路口,总是会受伤,而"伤口"愈合的角度集中在了"找到精神的白净和骨感"。彭州白是国家和民族工艺水平和大国工匠精神的代表之一,乱治交替也是彭州白的"伤口"与愈合的交替。这是精神压抑下的生态背负的沉重,但沉重未能使彭州白沉沦,"白"的精神与骨感,升腾为照亮历史天空的闪烁晨星。曲曲折折,用伤口疗伤,保护伤痕累累的白瓷业,同时也是在保护中华文化的根魂命脉。诗人的"伤口",忧"彭州白",是忧天下之忧也。

《举案齐眉》颂"白"。在《泥香》中,将"从土里挽出一个疙瘩"的彭州白成品的"生"铺垫上,这首从"你还是泥""岁月的皱纹""夸父逐日的脚步"到"隋了,唐了,宋了",呈现了彭州白在发展过程中的细节。从泥经隋、唐、宋等,尤其是宋瓷(china)与中国国号外文相同,再经过"和世界,举案齐眉"的演进,让彭州白提升到了人类文明的高度。接前面总述,宋代瓷器以河北曲阳定窑白瓷为代表,彭州白是"仿定窑",可见,"白"不只是诗人抒情的感性放大,更是史诗情结的诗意工笔。

这第一部分,精神领"白"。为"白"的诞生。彭州白在泥香中"挽出一个疙瘩"的初生，便从整体上领起了全诗；具体说，随后疗好伤口，由"白""白净""月光""月亮"到"一场雪"的"色"，经国画的烘染，工艺的练达，诗意的漂移，审美的错综，"白"而更纯了。泥疙瘩的朴实和瓷坯的敦厚修为，再在"火"里"缤纷"，生成形神合一、文质彬彬的君子之"白"，由此优雅而名贵。由"从土里挽出一个疙瘩"的血脉纠结，到为"找到精神……"而承受"伤口"的"痛"，经历了"你还是泥""直到隋了，唐了，宋了""你才从火里缤纷出一场雪""和彭州，和世界，举案齐眉"这一"成器"的过程。其间，"隋了，唐了"的过渡，描述了白瓷工艺发展过程中诸峰并起，而最终一峰突起地"宋了"，投射了"和彭州，和世界，举案齐眉"的瓷器的高峰——"一种精神站着"的"白"。由形而下成器的瓷器彭州白，到形而上成道的找到精神而精神站着的彭州白，是组诗由泥香到瓷器的升华，具象上也是投射全诗的塔尖上的亮光。

《远足》再生美"白"。"每个彭州白"雨后火前破碎，穿过一场火之后，"白"是泥的涅槃，"眼神"是彭州白集中的精气神。在这里，《血脉传承》由军乐镇"白"的诞生，转入宋元军乐镇"金城窑的火熄了"，莲花湖收藏火星的"阵痛"，"风雨积蓄力量"，"血脉流转"，火中应运而生出更美的白瓷。这穿火、熄火、藏火、火中的历程，展现的是彭州白历经磨难的再生——"最美的观音"，最终抵达善与美的境界。

《瓷罐》倾倒藏"白"。"在泥中结胎／在火的莲座上缓缓站起"，写时空中的各种形态。"为你倾倒／一地月光""为

你破碎……交出一生的珍藏"，这是隐喻，或可说是拟物。"一地月光"，就是一生珍藏的彭州白。倾倒的物念，破碎的心念，总是留念。"交出"，交给谁？交给大地，交给月光。留念与交出，都是倾倒。

《古典明月》深情爱"白"。"明月"移影流光，是魂灵的仙子。"处子一样安静的爱情""偎依你现代的衣襟"，直接抒情了。《瓷罐》中"一地月光"，满地都是彭州白；本诗中"那捧在天心的明月"，"宋词一样皎洁"的境界，满天都是彭州白。两首天地一体，加之月的人文化境和洁白花朵的自然点缀，境与景让彭州白色态浑然，也只有用古典明月去通感了。

《记着》再爱记"白"。"我怕自己是一缕月光／倏地，从这个世界消失"，把自己融入月光，融入彭州白，是迷离，是幻化，自己与月光同彭州白顿悟了。害怕自己突然消失，生命是高贵中的高贵，彭州白就是生命，就是自己。"就是全世界，把我记着"——把彭州白记着，把企盼与执着神化了。

《小憩》更爱空"白"。不是休息片刻，自己的牵挂太多而情不自禁，又不得不"空出孔"，跳脱出清悦的节奏。"空出明月"，给予彭州白更无限的空灵。

这第二部分，月染美"白"。"白"得深情。赞美"白"而为之倾倒，深爱"白"而幻化为明月。《血脉传承》的历程之后至《小憩》，在结构上递升。与第一部分"白""白净""月光""月亮"到"一场雪"的"色"，形神合一为文质彬彬的君子之"白"，优雅而尊贵。第二部分彭州白"转世"涅槃，经"血脉传承"，创新提升为最美的莲座观音，由"一地月光""古典明月""一缕月光"及"空出明月"的幻化联想与空灵想象，再一次把彭州白的白色用心灵的月染出了神话般的"最美"。

《抚平》茶尘敞"白"。"指尖蘸着茶水"写鱼，幻想远处尘土像亲人和自己，再捏茶盖、刮碗口、抚平江湖、敞开茶林，不着一字，但彭州白盖碗及其幻想的鱼与人，透视出一个曲折的细节，又喜剧式地敞开了彭州白的广大空间。

《老去》阳光刻"白"。阳光中雕刻，凝视，手指怅然若失，心痛离开，如此若即若离，把彭州白摆上书案，连带插花，横竖摆不上自己，物境、心境、情境，物在境中，人在物外，"老去"的是自己，不老的是彭州白。拉开些距离，距离更是一种美。

《龙兴塔》拧紧定"白"。龙兴塔与五谷丰登的川西坝、月亮瓷片这些特写的近物被凸显在宏大的川西场景中，又拉近到"打水漂"，再定位在"成都远郊彭州"，这个拉推的摄像技法是为了展示"龙兴塔这道灵根"像螺丝钉从地底到蓝天把"彭州"及其"花朵""黄昏""爱""疼""生生世世"地拧紧。表达了生于斯长于斯的川西彭州人对彭州白的拧紧。诗意的纵深，既拧紧了彭州白，又放开了彭州白，执与不执仿若禅境。

《灯芯》月牙唱"白"。"月牙像唱针搭在树梢""慢叙事、轻抒情""我斜成一湖的风""抱住你的肩头，想起你唱的《黄玫瑰》""拢住一盏灯让它绽放光芒""搓成油盏里的一根灯芯"，听觉的《黄玫瑰》在灯盏里开出了视觉的"灯芯"。如果与月牙的唱针及夜色的唱片韵成意象叠加的一曲大音，谁又能不沉浸在

彭州白似与不似的玄妙仙云里呢？

《九峰雪山》雪阳启"白"。"一场雪，删去……"，表明雪之大，雪之瑞。"一柄剑"，不管"是封堵还是指引"，或是"斩断"，"连目光都不敢高攀"的山，何其险峻。"鱼凫的脚印"成为的"雄鹰"，于高天俯瞰。层层拔高，瓷片的钥匙开了太阳的锁，彭州白神奇到了具有太阳的能量。本诗托物寓情，用极度的夸张，让视觉的神剑和鱼凫的神话，爆发出了"白瓷"的宇宙神奇。

这第三部分，境界透"白"。情感喷薄到高潮。《抚平》零距离的"像与不像"，《老去》平行距离的"离与不离"，《龙兴塔》纵深距离的"执与不执"，《灯芯》交接缠绕无距离的"似与不似"，《九峰雪山》高山高空超常距离的"奇与不奇"，感觉的幻化与意象的叠加，使彭州白高潮的引力波聚合了"白"的引力场。瓷片钥匙旋开太阳的锁，起伏至宇宙，随之，又跌宕至（过渡到下一首）《薪火》的地上。这上至宇宙、下至薪火的收放，已经不是文学评论借用物理学概念所能评述的了。彭州白"白"得具有天地之合力，而瞬间穿透心灵及整个人间。敞"白"、刻"白"、定"白"、唱"白"及启"白"的境界"白"，正是彭州白道器合一的穿透力。

《薪火》炉火化"白"。薪火是微弱的，一团火传承至一团团火之后，由"彭州军乐"转化而来的产业"化作血脉"而破茧成蝶，"映照和呼唤"神话归来，成为彭州白的现实向往。

《听白》创意听"白"。"听雨"，十个"听"，听出雨中的"碎碎的念"和"细密的脚步声"及"反反复复的抵达和奔赴"，

听出"无中生有的有、彭州白瓷的白"，其间穿插"土好不容易，生下自己"，创业的艰难，从业的艰辛，作业的艰涩，就在这块画布的后面听画布前面的"留白"吧。本诗是曲笔抑扬，在视听通感中，"在天地之间来一场酣畅淋漓的创意"。

《陶工户》文创远"白"。"这里，是乡镇的粮仓"，"告诉时代，这里，依旧是粮仓"，其间，"播下乡村振兴的爱意和诗意"，"种下文创的力量和远方"。或许原来纠结，现在却是乡村振兴与文创力量交织出"远方"。"宋朝的窑火"在今天"缤纷出一场浩大的瑞雪"，今天彭州白的品质已跟宋瓷同样雅致。"瓷光和泪光"是"农工贸"定格的喜悦，这是乡村振兴的必由之路，是传承与创新之路，是"陶工户"们走出的"粮仓＋文创＋工贸"的路。本诗张扬呼告，直抒胸臆。乡村振兴的力量和远方，基础重农业，发展在工业，致富在贸易，方向在文创。诗人很深沉，诗很厚重。农业不仅解决温饱问题，更是民之根基和国之大计。农业文明是中华文明的根魂，不能用农业的产业技能转型为工业的科学技术以及商贸营运的"器智"思维，取代农业文明的大同均富、自强不息、贤德淑雅、安己乐人和睦邻友好的"道化"思想。"文创"是什么？在乡村是把文明和文化的传承弘扬引导并融入"农工贸"多重循环的创新之中，但"农"仍然是重中之重："陶工户的名字闪烁盈盈的瓷光和泪光／告诉时代，这里，依旧是粮仓""陶工户"文创远"白"的"白"，告白了广大乡村建设的在地化与持续化。

《瓷魂》《雪鹰》疼飞思"白"。高低深浅的"一脚"，"赶路的雨啊，你的碎步／比我的心更碎"，"碎成针"，"密密的针脚，一小步是疼／一平方是疼，一公里是疼"，"一千多年，反反复复／踩过沉睡的家园，是疼"，这"疼""碎"是什么呢？为什么呢？本来，上一首《陶工户》已有了"路"，应该是很顺的正剧结尾，怎么又曲折讽谏，甚至有些悲剧色彩呢？真要把彭州白这只雪鹰藏在体内吗？真的要摔碎再飞吗？我们的新农村建设啊，诗人的隐忧，给出了悬念，让读者去思索，也许是不需要解说的担当。

这第四部分，思索告"白"。这几首化"白"、听"白"、远"白"及疼飞思"白"，集中为思索告"白"，在强烈地呼告"点燃更多的火""创意""依旧是粮仓""摔碎，是再一次的——飞"！本部分是诗章的结尾，但不是尾声，而是回归"粮仓"，农工结合，文创再出发，遇"疼"触"魂"。思索中的告白，如情绪的炉火；告白中的思索，触魂惊心。

全诗四个部分，由精神领"白"、月染美"白"、境界透"白"、思索告"白"感受《彭州白》的"白"。本来，诗是对美的感发，内容不宜分解，然而，诗歌的语言是文学意象的载体和情感的依托，那就浑然一体吧。

从诗情到诗境，离不开象，最高的是形象。形象既概括特征，又统摄内蕴。就特征而言，"命中，或许会摔碎／而摔碎，是再一次的——飞"，诗章的结尾，该如何理解呢？彭州白物象的命中，经历较多的摔碎，而心象组接成意象之后，再一次飞的则是形象及其特征。白瓷代表的是彭州与宋朝。诗章结尾的触魂惊心，所触到的必然是由彭州地域的魂勾起宋朝形象的魂，这就是形象的内蕴。彭州地域的魂，各诗皆已触及。宋朝形象的魂，这里就整合地"白"一下吧。北宋是中国历史上商品经济、文化教育和科学创新高度繁荣的朝代，陈寅恪曾言："华夏大地的文化，历经了数千年的演变和发展，顶峰时期是在宋朝。"后来大宋虽然灭亡了，但，大宋所承载和护卫的中华文明更厚重了，这也是中华文明虽历难重重而更坚劲并为人类唯一不败之文明的强力印证。《彭州白》的瓷魂，是宋朝瓷魂的现实缩影，是文明文化的厚重之韵、坚毅之力以及破碎后仍坚持"再一次的——飞"的翅膀。

有了魂，命脉就在，就能勾起对"白"的联想和想象。《彭州白》是抒情诗，联想和想象的重要笔法在相关诗中已经谈及，此处不赘述。这里就另一笔法"错综"谈一下。一是"白"与"黑"的错综。第一部分《泥香》的"白"与《伤口》的"黑"，在与"和彭州，和世界，举案齐眉""让一种精神站着"的"白"进行错综烘托；第二部分《远足》的"光亮"，《瓷罐》的"珍藏"，《古典明月》的"偎依"，《记着》的"感恩"，《小憩》的"空出孔"，除每首诗内部"黑""白"错综外，诗与诗之间全是"白"，进行错综的铺排；第三部分《抚平》的"黑"，《老去》的"爱你"、《龙兴塔》的爱的拧紧、《灯芯》的"欢喜"、《九峰雪山》的"雄鹰""太阳的锁孔"的"白"，为错综的递升；第四部分《薪火》的"陶瓷和神话"的"白"、《听白》的"黑"，《陶工户》的"文创的力量和远方""依旧是粮仓"的"白"、《瓷魂》"是

疼"的"黑"，《雪鹰》的"摔碎""飞"的由"黑"化"白"，为错综的呼告。二是"白（月、雨、雪）"与"红（火、太阳）"的错综。《彭州白》以色彩"白"喻瓷、颂瓷、铸魂，直写"白"以外，如"一地月光""古典明月""一缕月光""月亮是你的镜子""月亮像打水漂的瓷片""月牙像唱针"与"一场浩大的瑞雪""一场雪"为其重点着笔处，用明喻、暗喻、借喻的联想手法特写，又用"天心的明月""空出明月"等想象执意而任意地放纵，穿插"缤纷出一场浩大的瑞雪""最后一场火""火的莲台""金城窑的火熄了……收藏着不灭的火星""春风手心里的火""一膛炉火""点亮宋朝的窑火""一团中国的火""点燃更多的火"，这种错综的映衬和互衬，在意象叠加、幻化、丰富之后，最终，聚焦为"白"，归宗为"魂"。

同时，有了魂，必有象。"白"与"黑"、"白"与"红"的错综穿插，"黑"衬起了更明的"白"，"红"升华了更亮的"白"，丰富了诗章的象，物象、心象、意象，都在"白"与月、雪中"染白"，都在"白"与"红"中"炼白"，染成了"器"，炼成了"气"。由"器"而成形象之大气——最美的彭州白，最美的承载中国国号的大宋白瓷，最美的中华文明的血脉传承！

诗人对错综的章法与错综的笔法的熟练运用，使全诗的情感喷发和艺术表达以及审美空灵，达到了随心所欲的境界。生活中，白瓷是一种瓷品。在诗里，已不局限于对白瓷物态形式和品貌特征的客观描写，而是不拘一格，以一"白"万，诗节、句式、词汇的错综，读起来不感到生硬、重复与疲倦，而享受的是白瓷雅致，欣赏的是阳光时空，胜意的是境界迭出，真让人不得不在彭州白里感受"再一次的——飞"。

诗的笔法还有象征，如瓷片的多处呈现，这里就不展开了。孔子在论及《诗经》的艺术功能时说，"诗可以怨"。或许诗中"黑"的表达，就是为了发泄某种怨的情绪，也或许是借用汉赋的篇末讽谏，更或许是对《离骚》风格的求索——中华文人君子"精神的白净和骨感"。

《四川诗歌》把《彭州白》编为"夏"期首篇，编委会又于刊发"秋"期之际，在彭州举办《彭州白》专题研讨会，这是偶然吗？不是。这是文化自信的时代标记。时代是诗人创作以及读者二度创作的背景和环境。这个背景和环境，是传承和弘扬中华优秀传统文化并创新提升，从而增强民族意识以抵御西方霸凌的背景和环境。《四川诗歌》编委会、编辑和《彭州白》作者郑兴明正是把握了时代的背景和环境，把握了民族复兴最根本的是文化复兴这一伟大时代主题。2000 年过去了，2012 年过去了，2018 年过去了，那些 20 世纪 90 年代形成的朦胧的、自我感觉良好的、别人读不懂的、一味推崇西方而又吸取不了其精华的"游魂诗"，应该归魂了。可喜的是，经郑兴明《彭州白》的传承创新，《四川诗歌》的弘扬升华，中华的诗魂归来了，中华的诗旅跨越了。

刊于《四川诗歌》（2020 年/冬）。作者系中国孔庙保护协会专家、中国屈原学会学者、中国文化旅游网签约作家。

釉添一色彭州白

李清泉

　　彭州白瓷源于磁峰窑，位于今彭州市桂花镇，始烧于晚唐、五代时期，盛于两宋，是四川陶瓷史上规模最大且专烧白瓷的窑口。受宋代五大名窑中"定窑"的影响，釉色以米白色或乳白色为主，也有少量赭色釉（紫金釉），主要装饰方法有印花、刻花和划花。烧制工艺复杂，有制料、制模、成型、刻花、印花、划花、装饰、素烧、上釉、釉烧等七十二道工序，是古今彭州制瓷人智慧的结晶。

　　据 1989 年《彭县志》记载，彭州陶瓷历史悠久，早在九百多年前的北宋时期，今磁峰镇（宋代称"金城乡"）境内就已有瓷窑，能生产工艺水平很高，堪与当时北方定窑产品相媲美的白瓷。1977 年至 2001 年，成都文物考古研究院、中国文物研究所、故宫博物院专家在磁峰窑遗址试掘和正式发掘，大量的精美瓷器和瓷窑结构、设施、制瓷工具等的出土，更加有力地证明了彭州白瓷的历史价值。

　　元、明、清三代，彭州白瓷逐步衰落，到民国初年开始复兴和发展。磁峰、白鹿、思文、丹景山、隆丰等地先后开办了东方、民生、福川、瓷屏、新民、文华等十余家瓷厂。新中国成立后，经过公私合营和资源整合，彭州陶瓷生产集中在彭州市丹景山镇的东方瓷厂。

20世纪90年代末，东方瓷厂解体。制瓷工匠和专业技术人员一部分流入陶土原料丰富的桂花镇，促进了桂花土陶产业的发展，形成了有"西蜀陶艺之乡"之称的特色小镇；一部分流入天然气资源丰富、交通便利、生产环境优越的隆丰街道军屯场社区（原军乐镇），使得军屯场社区迅速成为西南片区规模最大的日用陶瓷聚集区，被誉为"西部瓷谷"。

2014年，彭州白瓷工作团队开始梳理彭州白瓷的历史脉络、工艺体系、传承体系等，致力于彭州白瓷的复兴工作。2018年，在地方政府及传承人的共同努力下，依托于十三亩废弃粮仓，建立了彭州白瓷艺术中心，搭建了集研发、设计、生产、销售于一体的陶瓷产业链，打造了美术馆、研发中心、复兴公社、传习所、非遗中心、电商中心等配套空间，研发了适用于多元生活场景的茶器、食器、酒器、花器、香器、陈设品等系列产品，构建了集文化创意、研学教育、艺术展览、消费场景于一体的文创产业园，建设了多元文化融合的乡村新地标。彭州白瓷烧制技艺被列入四川省非物质文化遗产代表性项目名录，成为天府文化的一张亮丽名片。

继彭州牡丹名品"彭州紫"之后，"彭派之城"釉添一色彭州白。

作者系彭州白瓷传承人。

跋

爱的"点睛"

郑兴明

　　《彭州白》系列诗歌意图从多角度、多维度，挖掘、提炼彭州白瓷这一文创产品的文化意蕴，试图像牡丹名品"彭州紫"一样，以诗歌的形式叫响彭州白，从而推动彭州市文旅融合发展，促进乡村振兴。

　　彭州白的"白"首先是白瓷的白，是从承载万物、历经千劫万难的土中应运而生的。它是沉静的，安分的，圆融包容的；也是坚持、坚定的，守护、守望的；更是拒绝浮躁，在生活的一隅独善其身，又可以"哗啦一声，交出一生的珍藏"的。它是美的，善的，朴素的，忍让的，平凡的，神性的。

　　所以，彭州白的"白"又是彭州雪的白、月光的白、芦花的白、茶的白、花的白、米的白……重要的是，它是彭州人精神的白。

　　在思索、感悟白瓷的过程中，我的思想和情感得到一次又一次的升华。

　　能与白瓷为邻，何其有幸！能让白瓷入诗，何其有幸！

　　非常感谢宋代瓷人的宝贵遗传基因，感谢现代瓷人的匠心独运和对文化的精心呵护。他们的品质和彭州白瓷交相辉映。在他们带领我与白瓷的交往中，我感受到了责任、担当、传统、创新和时尚。

非常感谢著名诗人、首届鲁迅文学奖得主张新泉先生，在我把几十首写白瓷的诗给他看的时候，他表达出惊讶、抬爱、赞扬和期望。他期望我"与瓷为邻，成诗成器"，给予我莫大的鼓励和力量。

非常感谢《羌族文学》《百坡》《四川群文》《成都故事》《草堂》《四川诗歌》等刊物陆续推出《彭州白》系列组诗。尤其感谢《四川诗歌》不吝篇幅，一次集中二十余首诗歌作为首篇推出，之后，又专门组织召开作品研讨会，刊载研究、评论文章。

没有这方水土，就没有彭州白。没有这方水土的胸襟、隐忍、激情和力量，就没有彭州白。彭州白是映在碧水里、血脉里、眼泪里的湔江月。

为母亲写诗，为家乡写诗，是我作为诗人存在的唯一意义。

彭州白是我爱的"点睛"。

感谢彭州白！